오 늘 사 랑 한 것

오 늘 사 랑 한 것

지 금 사 랑 하 는 것 이 사 랑 이 다

림 태 주

에 세 이

행성B

'사랑한다'와
'살아간다'는 동의어다

　　　　　　　　　　　도시적 삶은 모든 일상
을 의존하게 만든다. 밥솥이나 청소기가 고장 나면 서비스센
터에 맡기고, 보일러가 돌지 않거나 누수가 생기면 곧바로 기
술자를 부른다. 수상한 사람이 얼쩡대거나 층간소음이 심하
면 경비실에 전화한다. 타인에게 나를 맡기는 의존도가 높아
질수록 내가 무엇을 할 수 있는지, 내 능력이 어디까지인지
모르는 삶으로 넘어간다. 타인의 기술과 타인의 노동력 덕분
에 고도로 편리한 삶을 누린다. 고도로 누린다는 건 고도로
길들어져 산다는 의미다.

책을 묶으려고 써놓은 글들을 펼쳐놓고 보니 내가 어디쯤 와
있는지 알겠다. 삶에 대한 감각이 예민해지고 있다는 느낌이

드는 글이 많다. 내가 주거지를 숲 가까운 시골로 옮긴 것과 무관치 않을 것이다. 여기서는 나의 육체와 지능과 감각을 써서 직접 해결해야 하는 일이 많다. 빗방울 하나, 잎사귀 하나가 관능을 자극하고, 바람과 햇볕의 기분이 피부로 감촉되는 일은 경이롭다. 사람이 외로워하고 기뻐하고 사랑하는 이유 같은 것들이 또렷해진다. 나는 마음이 작동하는 경로와 몸이 반응하는 신호를 놓치지 않으려 애쓴다.

자연과 가까워질수록 이성은 불필요해진다. 태어날 때는 갖고 있지 않았던 이성에게 얼마나 끌려다녔는지 진상이 드러난다. 표제작 〈오늘 사랑한 것〉은 내가 살아가는 생존전략을 요약한 것이다. 포유동물은 체온 유지를 위해 사랑하며 살아야 하는데 실생활에서는 사랑을 자각하며 산다는 게 쉽지 않다. 자신이 포유동물이라는 것 자체를 망각하기도 하고, 사랑을 관념화하기도 하고, 특정 행동으로 사랑을 오해하기도 한다. 나는 오늘 사랑할 것을 의도하거나 기획하지 않고, 오늘 내가 껴안은 것이 무엇인가를 되짚어 보는 방식으로 사랑한다. 그것은 고양이일 수도 있고 떡볶이일 수도 있고 노을일 수도 있고 사람일 수도 있다. 오늘 내가 부러워하고 만져보고 다정하게 굴었던 것들의 목록이 쌓여서 나라는 삶이 편찬될 것이다. 사랑은 마음 준 것들의 수집이고, 인생은 수집된 사랑의 나열이다.

어떤 삶의 경지에 도달하고 싶다는 욕심이 있었는데, 그런 경지를 아무나 가지는 게 아니라는 걸 글을 쓰면서 깨달았다. 그것만으로도 고마운 수확이다. 지금을 벗어나 먼 데를 꿈꾸는 글이 아니라 여기의 깊이에 빠져드는 문장을 원했다. 도시적 상상력이나 지식의 세계를 벗어나 내가 머무는 이곳의 우물에서 문장을 길어 올리려고 애썼다. 얼마나 이루어지고 차분해졌는지는 알 수 없다. 간혹 이상한 문장이 튀어나오곤 했는데 이상하다는 건 내가 알지 못했던 심연의 혼돈이란 뜻이다. 의식의 표면이 아니라 의식의 기저에 침잠해 있다가 떠오른 언어들일 텐데 일부러 다 없애지 않고 둔 것들도 있다. 지금의 내 삶이고 근황이기도 해서.

내 심장은 원초적인 생명성에 반응한다. 초록의 어두운 그늘이라든지, 밤의 흰 부분이라든지, 사람의 흔들리는 뒷모습이라든지. 나는 식물적인 것에 대한 사랑을 멈출 수 없고, 망가져 가는 이 행성의 창백한 아름다움을 포기할 수 없다. 나는 물러서지 않으려고 버티며 글을 썼다. 그 간절한 마음을 누군가 읽어주면 고맙겠다. 나는 서정적이고 시적인 문장을 추구하는데, 내 글의 회화성을 읽어낸 에디터가 글에 어울리는 그림을 추려 배치했다. 밋밋한 문장이 은은해지고 시들한 페이지가 파릇해졌다. 고마움이 깊다. 빈약하고 어지러운 초고를 읽어주고 정성스럽게 피드백해 준 창작 동인 〈마루〉 사람들에게 특별한 감사를 전한다.

인체의 다른 세포들은 그렇지 않은데 심장 세포는 떼어서 모아놓으면 생득적으로 서로 껴안으면서 박동을 만들어 낸다고 한다. 이 생존 메커니즘은 감동적이고 희망적이다. 미약한 세포들도 스스로 삶을 도모하는데, 하물며 사람은 어떻게 살아야 하는가를 각성하게 만든다. 당신도 심장 세포들이 그렇게 하듯이 살아있는 무엇이라도 힘껏 껴안아 보기를 바란다. 사랑한다는 말은 살아간다는 말과 같은 뜻이다. ●

CONTENTS

프롤로그 '사랑한다'와 '살아간다'는 동의어다 • 004

1부 숨

오늘 사랑한 것 • 014

숨에 대하여 • 020

껴안아 본다 • 024

가벼움 • 029

다정한 사람 • 032

신은 세 마리의 고양이를 보내서 • 036

행복의 감각 • 040

유물론적 산책 • 044

Piece, Peace • 048

쓸모없다고 함부로 버리지 않는다 • 051

가만한 부축 • 055

사랑의 지능 • 058

철학 고양이 • 062

마음의 부력 • 066

편지 1—여름과 가을 사이 • 070

편지 2—겨울과 봄 사이 • 074

편지 3—안개주의보 • 077

편지 4—사랑의 단상 • 082

그러한 약속 • 086

사랑할 결심 • 090

속죄 • 093

시간의 테두리 • 096

내 품을 떠나는 너에게 • 100

2부   색

흰색의 잠언 • 108

식물의 미술시간 • 112

어떤 색을 좋아하세요? • 116

능소화가 피었다 • 120

당신이 햇살이고 가을이니 • 123

꽃이 졌을 때 • 126

꽃나무를 태우며 • 129

목련과 고양이 • 132

두부색에 대하여 • 136

색의 감각 • 140

등색에 대하여 • 144

복고풍 사랑법 • 148

초록에 가까운 사람 • 152

단순한 사랑 • 156

꽃의 외계 • 160

여름은 빨강 • 164

수국에게 시비를 걸다 • 168

청색시대 • 171

편지 5—색을 먹으며 • 175

아이리스의 말 • 178

사랑의 진위 • 181

눈을 주문한 사연 • 185

색채학 수업 • 190

3부   글

쓰지 않으면 • 194

지나간다는 말 • 198

마음의 행방 • 201

작가의 정의 • 204

그럼에도 살아야겠다 • 208

달리기의 세계 • 211

인생은 모자라지 않는다 • 216

정확하게 쓰는 사람 • 220

시작법 • 224

단어의 힘 • 228

책이 하는 말 • 232

마침내 붕괴된 심장 • 236

주어의 고독 • 239

시인 • 244

아름다움의 가능성 • 247

따뜻한 호소 • 250

내가 아는 한 가지 • 254

그리운 생각을 곁에 둘 것 • 257

오늘의 요약 • 260

4부   별

어른이란 무엇인가 • 264

사랑의 심장 • 268

고독한 구덩이 • 272

무한화서와 생몰연대 • 276

어른이 되어가는 중입니다 • 280

이상한 할아버지 • 284

좋은 사람 • 288

의자에 대하여 • 292

첫눈의 성분 • 295

잘 지내셨나요? • 298

죽음의 품위 • 302

삶의 연쇄 • 306

태양의 계획 • 310

작은 것이 아름다운 이유 • 314

돈에 대하여 • 318

노화의 정의 • 322

불시착 • 325

종의 기원祈願 • 330

에필로그   모든 의미에는 이유가 없다 • 334

도판 목록·인용 출처 • 337

1부 _____

숨

　　　　　　　　　　지금부터 사랑하는 것이
사랑이다. 오늘 사랑한 것이 사랑이라서 어제의 마음이나 어
제의 믿음이나 어제의 기억을 가져다 쓰면 사랑의 추억이지
사랑의 현재가 아니다. 오늘 다시 시작해야만 사랑은 사랑 본
연이 된다. 첫사랑도 끝사랑도 지금 시작하면 사랑이 되지만,
지금 시작하지 않으면 어떤 사무치는 감정도 사랑이 되지 않
는다. 어제의 사랑이나 천 년 전의 사랑이나 지났으면 다 끝
난 사랑이고, 내일의 사랑이나 천년 후의 사랑이나 아직 오지
않았으면 없는 사랑이다.

두 바퀴로 서는 것들은 멈추면 넘어진다. 자전거가 그렇고 사
랑이 그렇다. 속도를 조절하고 방향을 조종하더라도 페달은

계속 밟고 있어야 한다. 삶은 매순간 새롭고 매순간 집중할 수는 없지만, 사랑의 페달에서 한시라도 발을 떼면 안 된다. 사랑의 무게중심은 순간순간 이동한다는 것, 사랑의 원심력은 기우는 방향으로 핸들을 틀어야 넘어지지 않는다는 것, 사랑의 관성은 부단히 앞으로 나아갈 때 균형을 유지할 수 있다는 것. 이 명징한 사랑의 원리를 잊지 말아야 한다.

완벽주의자들은 사랑하기 어렵다. 그들은 섣불리 시작하지 않고 완벽하게 갖추어서 시작하려는 경향이 있다. 사랑은 마냥 기다려 주지 않는다. 책임감 없는 사람들도 사랑하기 어렵다. 그들은 빠져나갈 비상구를 만들어 놓는다. 사랑은 사랑 자체가 비상이라서 도망은 의미가 없다. 배수진을 치고 몰입해야 한다. 사랑의 불변성, 혹은 영원의 사랑을 신봉하는 낭만주의자들의 사랑도 위험하다. 사랑은 유기체라서 시시각각 변하고 움직인다. 사랑을 시간의 길이로 이해하는 사람은 사랑의 분절성을 받아들이기 어렵고, 낱낱의 사랑에 집중력을 잃는다. 높이 올라간 사랑의 이상이 현실로 추락하면 지겨워지고 역겨워지고 때로 저주가 된다.

시간이 충분해야 사랑할 수 있다고 착각하는 사람이 있다. 시간은 목숨의 양이라서 누구에게나 목숨은 부족하다. 그래서

오늘 사랑한 것

숨

사랑하는 것이다. 1인분의 목숨을 2인분으로 늘리려고, 목숨의 값어치를 더 쓸모 있게 하려고. 그러므로 시간이 모자라면 모자란 대로 사랑하면 된다. 부족하므로 애틋하고, 물릴 수도 물러설 수도 없는 일이라서 자신의 선택에 최선을 다한다.

사랑은 어설픔에서 익숙함으로 진행되는 과정이 아니다. 사랑은 어설픔과 익숙함의 언저리에 존재한다. 능숙하게 잘하는 게 있는가 하면, 서툴고 실수하는 게 있다. 그것이 사람이 하는 사랑의 본연이고 사랑의 속성이다. 행동은 점점 자연스러워지지만 좀체 나아지지 않는 미숙함이 있다. 그것을 오늘 다시 확인하고 오늘 다시 인정하는 반복이 사랑이다. 그래서 사랑은 사랑한 것의 복습이고 사랑할 것의 예습이다. 사랑은 매끈하지도 평평하지도 않다. 사랑은 우둘투둘하고 출렁대고 기우뚱거린다. 카약이 급류를 타고 미끄러지듯이 사랑도 좌충우돌 긴박한 흔들림으로 나아간다.

내가 너에게 사랑한다고 말할 때, 그 말은 오늘 사랑한다는 말이다. 어제 말한 것은 소용이 없고, 내일 말하려고 다짐한 것도 소용이 없다. 사랑은 오늘 태어나서 오늘 소멸하므로 오늘 말한 것만 유효하다. 사랑은 그날그날 새로 태어나서 사람을 신선하게 한다. 사람은 그날을 살고, 살아남은 그날에 사랑할 수밖에 없다. 오늘 내가 사랑한 것들이 나의 실존을 증명한다. 오늘이란 무엇이냐고 인생이 물어온다면 오늘 내가 사랑한 것이 무엇인지를 말할 수밖에 없다. 오늘 사랑한 것만 사랑이다. ●

사랑은 사랑한 것의 복습이고
사랑할 것의 예습이다.

크로이처 소나타. 르네 프랑수아 자비에 프리네

머 오 모으요

지하철 선반 위에 중요한 서류봉투를 놓고 내렸다. 개찰구를 빠져나와 생각 없이 걷다가 서류봉투가 내 손에 없다는 걸 깨달았다. 급히 돌아가 역무원에게 사정을 설명하고 도움을 청했다. 열차가 종착역에 도착하면 청소하는 분에게 찾아놓으라고 부탁을 해두겠다고 했다. 뜻하지 않게 한 번도 가본 적 없는 종착역으로 마음을 졸이며 갔다. 늦가을 무렵이었다.

그 서류봉투에는 내가 설립한 사업체의 현황이 담겨 있었다. 은행 대출을 위해 필요한 보증인의 담보 문건과 회사 재정 상태를 보여 주는 세금 납부 증명서와 재무제표 등속이 들어 있었다. 동업자의 느닷없는 이탈로 경영 상황이 혼란해졌고, 나

림태주 에세이

는 넋이 나간 상태였다. 다행히 종착역 분실물 보관소에서 서류봉투를 돌려받았다. 역사 밖으로 나와 낯선 거리를 걸었다. 바람에 나부끼는 은행나무 가로수들이 내 머리 위로 은행잎을 뿌려댔다. 사방에 어룽대는 노란빛이 찬란해서 나는 서러웠다. 너무 환한 대낮이었다.

문득 허기가 느껴졌는데 나는 허기를 느끼는 내가 고마웠다. 아무렇게나 눈에 띄는 국밥집 문을 밀고 들어갔다. 점심 때가 지난 시각이라 식당은 한산했다. 김이 피어오르는 국밥 한 그릇을 앞에 놓고 흐려진 안경을 닦았다. 정신을 차리자. 힘을 내자! 나는 혼잣말을 했다. 뜨거운 국물을 한 숟가락 떠서 입에 넣는데, 왈칵 울음이 치밀어 올랐다. 나는 걷잡을 수 없게 되기 전에 밥덩이로 목구멍을 틀어막았다. 식탁 가장자리에 올려진 서류봉투를 보자 간신히 눌렀던 울음주머니가 속수무책으로 부풀어 올랐다.

동물 중에 사람만이 숨을 참고 울음을 참는다. 숨을 계속 참으면 심장이 멎듯이 울음도 계속 참다간 사달이 난다. 숨이 막히고 숨이 넘어가고 숨을 죽이는 일들이 인생사에 얼마나 자주 목격되는가. 숨은 쉬어야 하고 울음은 울어야 삶이 고장나지 않는다. 신체가 물을 주성분으로 구성되듯이 어쩌면 목숨의 연료가 울음인지도 모른다. 몸 안에 저장된 몇 톤의 울음이 바닥나야 목숨이 끝나는 것이다. 늙어갈수록 눈물이 짜지는 이유도 졸아드는 눈물의 저수량과 관련이 있을 것이다.

정상적인 일상의 궤도로 복귀하면서 나는 처음과 마지막이, 삶과 죽음이 따로 구획되지 않는 뫼비우스의 띠 같은 인생의 궤적을 떠올렸다. 웃음 속에 울음의 성분이 있고, 울음 속에 웃음의 성분이 들어 있다. 희로애락은 나눌 수 없는 한 덩어리의 감정인 것이다. 욕망과 감정의 그네가 출렁일 때마다 숨은 위태롭게 흔들린다. 사는 내내 인간은 울음 속에서도 숨을 고르고 숨을 쉬는 법을 익혀야 한다.

나는 그날의 국밥을 기억한다. 삶의 연료가 어디 눈물뿐이겠는가. 숨을 들이쉬는 통로와 밥이 들어가는 통로와 울음이 올라오는 통로와 웃음을 쏟아내는 통로가 동일하다는 건 결코 우연이 아니다. 밥도 목숨이고 울음도 목숨이고 웃음도 목숨이다. 인생이라는 원고지에 눈물방울 같은 느낌표와 웃음소리 같은 이음표와 밥알 같은 말줄임표가 찍힌다. 문장부호들 사이에서 대낮처럼 환하고 국밥처럼 뜨끈한 삶의 자서전을 남기기 위해 나는 아직 마침표를 찍지 않고 있다. ●

인생이라는 원고지에

눈물방울 같은 느낌표와 웃음소리 같은 이음표와

밥알 같은 말줄임표가 찍힌다.

서리 낀 창문에 연인 이름을 쓰는 소녀, 크리스틴 달스가르

깨우쳐준다

                    도시 외곽의 한적한 학교 앞을 지나고 있었다. 스쿨존이라 30킬로미터의 속도로 서행하고 있어서 찬란한 광경이 슬로비디오로 목격되었다. 가방을 멘 조그만 아이가 엄마를 향해 달려가고 있었다. 엄마가 상체를 숙여 두 팔을 활짝 벌리고 있다가 아이가 자신의 품속에 쏙 들어오게 하려고 무릎을 화살괄호 모양으로 구부려 자세를 더욱 낮추었다. 반나절 동안 얼마나 엄마가 그립고 보고 싶었을까. 아이가 엄마에게 달려가는 속도가 시속 60킬로미터는 넘어 보였다. 기쁨 조절에 실패한 아이가 엄마의 품으로 돌진해 충돌하는 순간, 나는 반사적으로 브레이크를 밟았다. 아이를 껴안고 엄마가 발라당 뒤로 넘어갔다. 드러누운 채 엄마가 까르르 웃고, 엄마 품에 안긴 채 아이가 까르르 웃었다.

봄날이었고, 도시 외곽의 학교 앞이었고, 안전지대였다.

형이 전화에 대고 가라앉은 목소리로 말했다. 아무래도 더 견
디기 힘드실 것 같다고. 나는 어머니가 입원해 있는 요양병원
으로 서둘러 출발했다. 아침 일찍 차를 몰았는데 도착했을 때
는 점심시간이 훌쩍 지나 있었다. 어머니와 나 사이가 아득하
게 느껴져서 가는 내내 서러웠다. 나를 알아보지 못하는 어머
니는 앙상한 나뭇가지처럼 누워서 눈을 깜박거렸다. 어머니
의 손을 만지자 물기 없는 피부에서 낙엽 부서지는 소리가 났
다. 나는 어머니 등 뒤로 조심스럽게 팔을 넣어 끌어안았다.
마지막으로 엄마 품에 안겨보고 싶었는데, 마지막으로 어리
광을 피워보고 싶었는데, 마지막으로 사는 일의 고달픔을 일
러바치고 싶었는데, 한없이 가벼워진 어머니를 가만히 껴안
아 주는 것으로 그 모든 희망을 갈음했다. 병원 앞 화단에 코
스모스와 쑥부쟁이가 하늘하늘 피어서 무심히 흔들리는 무
렵이었다.

나는 인류가 직립을 선택한 이유가 '껴안기 위해서'라고 추
정한다. 네 발로 기어다닐 때는 서로 머리를 맞대거나 몸을
비비거나 귓불을 깨무는 방식으로 애정 표현을 했을 것이다.
조상 중에 누군가는 그 정도로는 양에 차지 않았던 모양이

오늘 사랑한 것

숨

다. 두 다리로 버티고 서서 두 팔로 감싸 안는 표현 방식을 상상했을 그는 오랜 쓰러짐의 반복 끝에 마침내 일어섰고, 마침내 껴안았다. 직립은 체온을 가진 인간의 몸을 끌어안기 위해 인류가 창안한 지상 최대의 발명품이다.

사람이 안으면 무엇이든 사랑이 된다. 아기를 안고 강아지를 안고 병자를 안으면 안긴 것들은 사랑의 존재가 된다. 두 팔을 한껏 벌렸다가 대상을 감싸 안으려 오므릴 때, 그것은 하트 형태가 된다. 인류는 사랑의 근원지를 심장으로 상정했고, 심실의 모양을 두 팔로 혹은 두 손으로 형상화했는데, 이 상징이 사랑한다는 의미로 날리는 하트의 기원이다. 껴안는 동작이 심장을 상징하고 모방했다는 나의 추론은 근거가 있다. 껴안는다는 것은 서로의 심장을 맞댄다는 것이다. 맞대면 왼쪽 가슴의 심장이 서로의 오른쪽 가슴에 포개지는데, 이로써 하나의 가슴 안에 두 개의 심장이 완전하게 박동하게 된다. 심장의 두근거림이 서로의 몸통을 휘저으며 공명한다. 얼마나 큰 울림과 떨림이 척추뼈와 두개골을 난타하겠는가. 혼미해져 정신을 잃기도 하는데 이것은 흔히 나타나는 전형적인 사랑의 증상이다.

다가가는 것은 마음이 열려있다는 뜻이고, 껴안는 것은 사랑의 존재로 인정한다는 뜻이다. 좋아하는 감정을 표현하고 싶을 때, 용서해 주고 싶을 때, 위로를 건네고 싶을 때, 그리웠다고 말하고 싶을 때, 다정해지고 싶을 때 우리는 서로를 껴안는다. 껴안아 보면 놀랍게도 중요한 삶의 진실 하나를 알게된다. 존재의 목적, 존재의 이유, 존재의 의미라고 말할 때 그말들 사이에 끼어있는 조사 '의'가 사라지고, 앞 체언과 뒤 체언의 구분이 사라진다. 존재가 목적이고 존재가 이유이고 존재가 의미가 된다. 껴안으면 존재가 품고 있는 원래의 존재 자체로 회귀한다.

아주 보통의 하루가 저물어 간다. 출근할 때 집에서 채워온 기름이 바닥나려고 한다. 집에 갈 때까지 남은 온기가 간당간당하다. 나는 퇴근하기 전에 두 팔을 벌려 내 몸을 꽉 껴안아준다. 오늘도 수고했고 무사했고 괜찮았다. 안아주고 나면 조금은 자존이 채워지고 살아갈 용기가 생기고 안온해진다. 내가 아는 유일한 삶의 길은 보통의 존재가 보통의 하루를 그날그날 껴안아 주는 방법뿐이다. ●

껴안으면 존재가 품고 있는

원래의 존재 자체로 회귀한다.

어린 조카와 함께한 실레의 아내, 에곤 실레

가뿐함

권투 선수는 가볍게 툭 툭 치고 빠진다. 저렇게 해서 언제 쓰러뜨리나 싶은데 결국엔 눕힌다. 예전의 나는 스트레이트를 날리고 훅을 먹이는 화려한 동작에 환호했다. 날렵하고 스윙이 클수록 우아하다고 느꼈다. 지금은 힘을 빼고 가볍게 잽을 날리는 모습에서 아름다움을 느낀다.

가볍게 치는 것, 가볍게 걷는 것, 가볍게 먹는 것, 가볍게 사는 것. 이 쉬운 일이 결코 가볍지 않았다. 이 만만한 일이 저절로 되는 게 아니었다. 수없이 각오하고, 수없이 참아내고, 수없이 덜어내고, 수없이 연습해야 겨우 비슷해졌다.

물속에 들어가면 나는 등을 대고 물 위에 눕는다. 얼마쯤 가
라앉다가 뒤통수가 거의 잠길 정도가 되면 몸이 뜬다. 충분히
가라앉아야 뜬다. 배면이 부력에 적응할 시간을 기다리지 못
하거나 가라앉을 거라는 두려움에 휩쓸리는 순간 몸은 끌려
들어간다. 배영 자세와 몸무게는 아무 상관이 없다. 가볍다고
뜨고 뚱뚱하다고 가라앉지는 않는다. 뜨는 요령이 필요한데,
내 생각에 이건 기술이나 재능이랄 것도 없다. 두려움에서 벗
어나면 누구나 뜰 수 있다. 내가 물 위에 뜨는 비결은 내 몸이
가볍다는 믿음을 '불신하는 마음'에서 벗어난 것뿐이다.

돌아보면 내 삶은 장난스러움과 진지함 사이에 있었다. 개구
진 아이였는데 점차 진지한 소년으로 변모했다. 무게 잡기를
좋아해서 엄숙과 친했다. 결국 엄숙과 결혼했는데, 나는 엄숙
과의 결혼을 후회한다. 엄숙과 살면서 깨달은 것이 있다. 무
게는 버리는 게 아니고 엄숙은 벗어나는 게 아니라는 것. 무
게는 잊는 것이고 엄숙은 가벼움으로 가는 과정이라는 것.

인간은 가볍게 태어나 엄숙하게 살다가 가벼움의 세계로 회
귀한다. 가벼움은 단지 가벼움이 아니다. 근엄하고 탐욕적이
고 권위적인 것들이 도달하려는 궁극의 지혜다. 가볍게 날아
서 가볍게 잽을 날릴 것. ●

림
태
주
에
세
이

물 위에 뜨는 비결은

내 몸이 가볍다는 믿음을 '불신하는 마음'에서

벗어나는 것

하얀 보트, 하베야, 호아킨 소로야

다정한 사람

사람들은 친절하고 따뜻하고 배려하는 사람을 좋아한다. 이런 사람을 다정한 사람이라고 말한다. 그러니까 다정함을 자기 이익 관점에서 본다. 나에게 잘해주는 사람, 나를 살펴주는 이타적인 사람이 다정한 사람이다. 그런데 '감정이 풍부한 사람'이 다정한 사람이라는 데까지는 생각이 미치지 못한다.

나는 다정함을 '섬세함'이라고 생각한다. 배려심과 친절함은 세심한 관찰을 바탕으로 한다. 뒤에 오는 사람을 위해 닫히는 문을 잡아주려면 주위를 살펴야 가능하고, 연인에게 코트를 벗어 입혀주려면 상대방이 느낄 체감온도를 감지할 수 있어야 가능하다. 애교를 부려야 할지, 미안하다고 해야 할지, 잘

못을 시인해야 할지 마음을 결정하려면 상대방의 감정 파악이 먼저다. 그래야 상대의 기분에 맞는 적합한 언어를 구사할 수 있다. 관찰과 분석의 디테일이 다정의 효능을 배가시킨다.

감정이 풍부하다는 말은 언제든 시시각각 변화를 겪는 감정의 기류를 가지고 있다는 말과 같다. 감정의 변화는 잦아도 감정의 표현은 절제된다. 출렁대는 감정의 파고를 일일이 표출하지 않는 이유 역시 다정 때문이다. 잦은 변화는 사람을 피곤하고 불안하게 만든다. 까닭에 상대를 걱정해서 감정의 잔물결 정도는 스스로 다스린다. 다정이란 '다 말하지 않는 감정'의 줄임말인지도 모른다.

소설가 다자이 오사무가《서간집》에다 다정의 속성을 예리하게 간파하고 이렇게 써두었다.
"사람을 염려하고, 남의 외로움과 쓸쓸함, 괴로움에 민감한 것. 이것이 다정함이며, 또한 인간으로서 가장 뛰어난 점이 아닐까요. 그리고 그런 다정한 사람의 표정은 언제나 '수줍음'입니다."

맞다. 다정한 사람들은 다정을 베풀고도 수줍어한다. 그래서 '다정이 병!'이라는 말이 생기지 않았을까? 너무 다정해서

손해를 보고 너무 다정해서 이용당하는 여린 사람들이 있다. 다정한 당신이 다치지 않았으면 좋겠다. 당신 덕분에 다정이 찰랑찰랑 흘러넘쳤으면 좋겠다. 사람 사는 세상이 너무 삭막하지 않은가. ●

림태주 에세이

감정의 잔물결 정도는 스스로 다스린다.

다정이란 '다 말하지 않는 감정'의

줄임말인지도 모른다.

캄머성 공원의 길. 구스타프 클림트

습이 소문난 고양을 들

집 뒤에 야트막한 숲이 있다. 제법 오래된 아름드리 소나무들이 휘어져 참신한 그늘을 드리우고 있다. 나무 의자를 들고 올라가 내가 좋아하는 신형철의 평론집을 읽거나 박연준의 산문집을 읽거나 장석남의 시를 읽곤 한다. 그러다 심심해지면 적당한 소나무를 골라 꽉 껴안아 본다. 이것은 사람이 그리울 때 하는 나의 오래된 습관 같은 것이다. 가슴팍이 허전하거나 사람과 말을 섞어본 지 오래됐을 때 시나브로 나오는 행동이다.

아침밥을 달라고 고양이가 모여 있다. 흑산이와 몽이다. 흑산이가 장기세입자라면, 몽이는 잠시 머무는 게스트 정도 된다. 몽롱한 꿈 같아서 몽이라고 지었다. 흑산이는 흑산도로 유배

간 정약전 선생이 생각나서 그리 지었다. 이유를 딱히 설명할
순 없지만 내게는 스스로를 고립시키고 싶은 야릇한 취미가
있는 듯하다. 나는 자발적 은둔 고수를 꿈꾼다. 심심하고 외
로우면 다들 그러지 않는가.

몽이와 더불어 한번씩 찾아오는 덩치 큰 녀석은 이름이 없다.
그냥 건달이라고 부른다. 건달이 나타나 행패를 부리면 흑산
이와 몽이는 납작 엎드리거나 피해서 숨는다. 미워서 건달에
게 끝까지 이름을 주지 않으려고 한다. 마음이란 게 간사하
다. 어느 날은 건달을 받아들여야 하나 고민될 때도 있다. 그
렇지만 나를 주인으로 선택한 흑산이와 먼저 인연을 맺은 몽
이의 권리를 생각하면 내가 분별없는 사람이 아닐까 저어되
고 조심스러워진다.

내가 돌봐야 하는 것, 내게 와서 잠시 머물다 가는 것, 내가 반
기지 않는 것. 신은 이렇게 세 마리의 고양이를 인간에게 보
내 시험에 들게 한다. 그렇게 똑 부러지게 마음을 정하고 다
잡는 게 쉬운 일인가. 하물며 고양이에게도 갈피를 잡기 어려
운데 내게 오는 사람을 지켜내고 받아들이고 거리를 두는 일
의 어려움과 고단함은 말해 무엇 하겠는가.

흑산이와 몽이에게 아침밥을 주면서 나는 미묘한 죄책감과
애잔한 연민 사이에서 먹먹하고 막막해진다. 소나무 숲에 올
라가 또 하릴없이 소나무를 껴안는다. 사는 게 참 외롭고 자
명하지 않구나 생각하면서. ●

돌봐야 하는 것, 잠시 머물다 가는 것, 반기지 않는 것,

신은 세 마리의 고양이를 보내

시험에 들게 한다.

먹잇감을 지켜보다, 헨리에트 로너 크니프

행복의 부엌

시골살이를 하는 내게 집에 온 손님들이 가끔 질문을 한다. 행복하냐고. 나는 깊이 생각하지 않고 그렇다고 대답한다. 대체로 행복한 것 같으니까. 그런데 사랑하는 사람이 나에게 불쑥 행복을 물어오는 때가 있다. 이것은 불심검문과 같아서 나는 쉽게 대답을 못 하고 머뭇댄다. 내 행복이 그 사람의 행복과 긴밀하게 연결돼 있기 때문이다. 나는 행복하지 않은데 당신은 행복한가를 따져 묻는 것인가 싶어 바삐 머리를 굴리느라 연기가 난다.

나는 안다. 상대에게 행복의 안부를 묻는다는 건 자기의 행복을 얘기하고 싶다는 뜻이고, 혹은 행복해지기 위해서 대화가 필요하다는 뜻이다. 행복은 지극히 관념적이고 주관적이라

림태주 에세이

서 각자의 개념 정의가 다르다. 어떤 이는 욕구가 해소된 상태를 말하고 어떤 이는 좋은 기분이나 감정을 말한다. 어떤 이는 이익을 말하고 어떤 이는 이타심을 말하기도 한다.

행복을 질문받으면 얼마나 행복한가가 아니라 행복이란 무엇인가에 대해 곰곰 생각해 보는 기회를 갖게 된다. 우리는 행복을 새삼 정의해 보고 행복의 조건을 따져 보고 행복의 상투성을 해체해 보면서 조금 더 행복의 실체에 가까워진다. 그것만으로도 충분히 기억해 둘만한 행복의 체험, 행복의 감각에 이른다.

어떤 질문에는 질문하는 사람의 서사가 들어 있다. 그것은 질문이라기보다는 응답이라서 호응으로 맞받아 주어야 한다. 사랑하는 사람의 질문들, 지금 행복해? 얼마나 사랑해? 원하는 게 있어? 이런 질문은 단순한 질문이 아니라 이행해야 할 구체적인 행동 지침인 경우가 많다.

나는 사랑하는 이의 불심검문에 대해 대답하고 이 글을 마치려 한다. 나는 어쩔 수 없이 빠져나갈 뒷문이 있는 대답을 하는 수밖에 없다.
"나, 행복하지 않은 것 같아."

약간 어두운 표정으로 말하면서 상대의 반응을 본다. 걱정하는 기색으로 왜 행복하지 않은지 물어오면 내가 준비한 다음 대답은 이거다.

"당신이 행복해 보이지 않는데 내가 어떻게 혼자 행복하겠어?"

그 사람이 화들짝 놀라며 아니라고, 난 행복하다고 말하면 그때 홀가분한 표정으로 말하면 된다.

"아, 다행이다! 나도 이제 마음 놓고 행복해도 되겠다."

그러니까 행복에 관한 나의 전략적 관점은 이것이다. 혼자서는 그 누구도 행복할 수 없다는 것. 이타적일수록 행복은 풍요해지고, 타인의 행복은 나를 이롭게 한다는 것. ●

이타적일수록 행복은 풍요해지고,

타인의 행복은 나를 이롭게 한다

장미의 영혼, 존 윌리엄 워터하우스

산책

아름다운

산책에 관한 아름다운 말이 있다. 틱낫한 스님의 책《걷기 명상How To Walk》에 나오는 문장이다. 내가 살짝 윤색했다.

"마음을 발바닥으로 가져가 마치 당신의 발로 지구에 키스하듯이 걸어라. 한 걸음 한 걸음이 왕의 칙령에 찍힌 인장과 같으니."

입술과 입술이 겹치듯이 혀가 혀에 닿듯이 걷는 걸음이란 도대체 어떤 걸음일까. 스님의 말뜻을 내가 야하게 곡해했는지 모르겠지만, 나는 촉촉하고 부드럽고 달콤한 입맞춤의 느낌을 떠올리며 걷는다. 마음가짐은 사근사근하게, 몸가짐은 사뿐사뿐하게 체중을 최대한 발끝에 실어서 걷는다.

산책은 '한 걸음'의 의미에 대해서 생각해 볼 기회를 준다. 한 걸음의 중요함을 말하려고 스님은 '왕의 칙령에 찍힌 인장'이라고 비유했다. 살다 보면 한 걸음씩으로는 도무지 답이 안 보이는 일들이 너무나 많다. 남들의 속도, 남들이 이뤄낸 성취를 따라잡으려면 나의 한 걸음은 얼마나 미력하고 가당치 않은지. 조급해져서 한 방을 노리게 된다. 그렇지만 인생에는 한 걸음 외에는 달리 다른 방도가 없다. 한 걸음만이 비정상을 이겨내는 정상의 속도다.

산책에는 동력 수단의 빠름이 가질 수 없는 시선이 있다. 인간의 걸음걸이는 지문처럼 각자의 개체성을 품고 있다. 직립 보행의 반복성과 육체성을 나는 사랑한다. 산책의 시야는 흐릿한 것을 명쾌하게 보여 주는 일종의 광학렌즈다. 인생이 모호해서 그런지 나는 자연의 투명성을 좋아한다. 산책을 하면 내가 자연의 일부이고 자연의 소속이라는 사실이 분명하게 감지된다. 어김없이 꽃이 피고, 어김없이 잎이 물들고, 어김없이 눈이 퍼붓는다. 이것은 너무나 극명해서 다른 해석이 필요치 않다.

산책을 하면서 나는 나와 약속한다. 내가 여기에 있음을 바라보겠다는 약속, 내가 걷고 있음을 알아차리겠다는 약속. 꽃이 향기로운 것, 별이 빛나는 것, 여자와 남자가 사랑하는 것, 더운밥에서 김이 나는 것, 아이가 자라는 것. 이런 것들은 물리적이고 물질적이어서 여기의 현상이지만 내가 알아차리지 않으면 관념의 영역으로 편입되고 만다. 나는 종종 생명이 육체라는 물질로 존재한다는 것을 확인하려고 걷고 뛰고 매달리고 코브라 자세를 취한다. 어쩌면 마음이 외로워서 사랑하는 게 아니라 몸이 춥지 않으려고 사랑하는 것이겠구나 하는 유물론적인 생각까지 하면서. ●

마음이 외로워서 사랑하는 게 아니라

몸이 춥지 않으려고 사랑하는 것이다.

아침 빛. 일리어 그루너

냉이는 언제 나오느냐고
묻는 사람이 있다. 머위꽃이 피면 머위꽃봉오리 튀김을 먹으
러 오겠다는 사람도 있다. 아카시아가 피면 향기를 채집하게
초대해 달라는 사람도 있다.

오늘은 가늘게 봄비가 내렸고, 나는 들판을 살피며 쏘다녔다.
아직은 연두의 기세가 무르다. 더 기다리라고 기별을 넣을까
하다 그만뒀다. 봄이 한 길로만 오겠는가 싶어서.

나이 들면서 좋아지는 형편이 있다. 슬프거나 괴로운 마음이
없지는 않은데, 엷다는 것. 짙지 않아서 무시해도 좋을 정도
라는 것. 괴롭지만 못살 만큼 괴롭히지는 않는다는 것. 독성

이 있는 나물도 끓는 물에 데치고 우려내면 쌉싸래하고 착한
맛이 나는 것처럼.

다 한 조각씩이다. 괴로운 마음도 미운 마음도 외로운 마음도
보고픈 마음도. 무엇 하나가 나를 온통 채우고 뿌리째 흔드는
일은 없다. 그 한 조각의 감정이 삶의 전부인 양 느껴졌던 시
절이 있었을 뿐이다. 그 조각들을 다 먹고 나면, 나는 더 이상
이곳에 없겠지. 한때 여기에 머물렀던 사람으로 기억되겠지.
봄이 가늘고 느리게 왔으면 싶다. 한 조각의 평화를 천천히
음미하며 먹다가 가게. ●

다 한 조각씩이다.

괴로운 마음도 미운 마음도 외로운 마음도

보고픈 마음도.

정원의 여인. 클로드 모네

유능한 목수를 수소문해
한옥 수리를 맡겼다. 오십 년의 시간을 견디느라 밑동이 썩어
들어간 기둥이 한둘이 아니다. 옛집은 바람길과 공기의 유통
을 위해 문을 많이 내는데 문짝들을 다 떼놓고 보니 성한 게
별로 없다. 낡고 빛바랜 창호지를 뜯어내니 벌어지고 부러진
창살과 문살이 여기저기 눈에 띄었다.

나는 목수가 썩은 기둥은 새로 바꿔 넣고, 낡은 문짝은 새로
짤 줄 알았다. 그런데 하나도 버리지 않았다. 썩은 기둥 아랫
부분을 잘라낸 다음 고재로 밑동을 갈아 끼워 넣었다. 주먹장
이라는 건축 용어가 있다. 목재의 이음에 쓰는 짜맞춤 기법인
데, 역사다리 모양의 장부인 주먹장은 그 형태가 마치 주먹을

쥔 모양의 장식이다. 우리 집 기둥 여기저기에 박힌 주먹장들이 앞으로 오십 년은 거뜬히 집의 무게를 받쳐낼 것이다.

그렇게 썩은 기둥일지라도 전체가 버려지지 않고 일부만 바뀐다. 놀라운 건 새로 끼워지는 목재도 새 목재가 아니라는 것. 다른 한옥에서 철거돼 보관돼 있다가 우리 집에 온 목재다. 즉 남은 기둥 본체와 새로 끼워지는 목재의 수령이 엇비슷하게 맞춰지는 셈이다. 나는 이 조화로운 궁합이 마음에 든다. 과학적으로는 휘어짐과 수축 작용이 안정된 고재라서 교체에 사용되는 것일 텐데, 나는 비슷한 또래 두 노령의 사귐으로 이해했다. 오십 년을 견딘 나무의 마음을, 이제 갓 베어져 이삼 년 몸을 말린 신출내기가 이해할 수 있을까 싶은 것이다. 같은 세월을 산 사람들끼리만 이해하고 보듬을 수 있는 내밀한 인생사가 있는 법이다.

나도 언젠가는 낡아져서 교체될 것이다. 누군가가 나를 밀어내고 내 존재를 대신 할 것이다. 지금 내가 할 수 있는 일은 세월을 대하는 목수의 마음을 헤아리는 것이다. 어떤 삶도 함부로 취급되어서는 안 된다는 존엄한 믿음을 저버리지 않는 것이다.

목수가 무언가를 신중하게 도려내고 있었다. 가까이 가서 보니 균열 간 낡은 문짝을 수리 중이었다. 도려낸 부분이 나비 모양이다. 완전히 새것처럼 만들 수는 없지만 더 이상 갈라지거나 벌어지지 않도록 잡아주는 나비장 짜맞춤이다. 저 문짝은 이제 나비 한 마리를 품고 다시 새로운 시간을 이 집에서 나게 될 것이다. 쓸모없다고 낡았다고 너무나 쉽게 버려지고 내쳐지는 세태에 보란 듯이 나비 한 마리가 날아들었다. ●

어떤 삶도 함부로 취급되어서는 안 된다는
존엄한 믿음을 저버리지 않아야 한다.

마을의 목수, 토니 오페르만스

똑똑한 사람들이 자주 범하는 오류가 있다. 자신이 잘난 걸 알아서 때를 가리지 않고 똑똑하게 군다는 것. 그들은 사태를 냉정하게 볼 줄 알고, 상황을 현명하게 정리해 내고, 자신의 견해를 당차게 밝힐 줄 알고, 타인의 고민을 명쾌하게 해결해 준다. 습관성 똑똑함이다.

고마운 건 알겠는데, 도움을 주려는 마음은 알겠는데, 이상하게 짜증 나고 요상하게 기분 나쁘다. 내가 옹졸해서 그런가. 내가 배은망덕해서 그런가. 아니다. 내가 사람이라서 그렇다. 똑똑한 머리 열 개가 따뜻한 가슴 하나를 못 이긴다. 머리를 사용해야 할 때가 있고 가슴을 사용해야 할 때가 있다.

똑똑한 사람들은 똑똑한 나머지 이리 쉬운 걸 잘 구분하지 못한다.

내가 원하는 건 당신의 현명하고 올바른 해답이 아니다. 평가하지 않고 판단하지 않고 선입견 없이 내 말을 끝까지 들어주는 자그마한 인내심이면 된다. 그래, 그랬구나! 그래, 힘들었겠구나! 하고 감응하고 동의해 주면 된다. 뭐라고 위로할까, 뭐라고 조언할까, 고민하지 말고 그저 내가 느끼는 감정, 내가 하는 말에 귀 기울여 주면 그것만으로도 후련해진다.

당신이 보여 주는 공감의 몸짓은 이 외롭고 막막한 세상에 내 편도 있다는 걸 확인시켜 준다. 나에게도 기대고 비빌 언덕이 있다는 것만으로도 충분히 힘이 된다. 공감은 해법을 말하고 용기와 희망을 말하고 힘차게 응원하는 격려사가 아니다. 어깨 한쪽을 빌려주고 한쪽 팔을 붙잡아주는 가만한 부축이 사람을 살린다. ●

림
태
주
에
세
이

어깨 한쪽을 빌려주고 한쪽 팔을 붙잡아주는

가만한 부축이

사람을 살린다.

수련이 있는 연못, 클로드 모네

사랑의 지능

여자와 남자가 서로 끌리는 데는 여러 이유가 있겠지만 나는 친절함이 가장 중요한 요인이라고 생각한다. 일시적 친절이 아닌 지속적 친절, 즉 태도로 체화된 친절은 쉬운 일이 아니다. 누구나 친절을 기본으로 장착하고 있으면 친절하다고 특별히 끌릴 이유가 없을 것이다. 친절이 생각보다 어렵고 희소해서 연애 상대를 고를 때 선택 요소로 삼는 게 아닐까?

대하는 태도가 정답고 상냥하다는 '친절親切'의 한자어에 칼(刀)이 들어 있다는 사실은 의미심장하다. 점잖고 싹싹하고 다정하게 굴되 물에 물 탄 듯 술에 술 탄 듯 처신하면 안 된다는 가르침이다. 아닌 것은 아니라고 말하는 단호함, 흐트러지지 않는 똑바른 행동거지가 있어야 친절이 가능하다는 의미로 나는 해석한다. 무턱대고 받아주고 베푸는 친절은 오해를 낳고 결국엔 독이 된다.

친절 다음으로 연애 상대에게 호감을 주는 요소는 지능이다. 친절이 겉으로 드러난 끌림이라면 지능은 내재된 매력의 울림이다. 지능은 보다 현명한 선택을 할 확률이 높다는 걸 의미하고, 감정적으로 사건이나 현상을 대하지 않을 거라는 걸 의미한다. 친절이라는 감성에 칼이라는 이성이 필요하다는 걸 주지시키는 것도 지능이다.

사랑은 감성이 이끄는 부분이 많지만, 사랑의 지속성이나 사랑의 책임성에는 상당 부분 이성이 관여하게 된다. 그 이성과 감성의 조율은 지능이 관장한다. 감정적인 말과 비이성적인 행동, 예측되지 않는 불확실함, 약속이 지켜지지 않는 무책임함을 사랑은 극히 꺼린다. 그래서 친절하지 않은 지능, 지능적이지 않은 친절은 사랑을 위험에 빠뜨린다.

친절과 지능 다음으로 중요한 요소는 유머다. 그 사람의 지능은 유머로 표출된다. 유머는 상대를 웃게 할 수 있고, 웃음은 경계심을 완화하는 효과가 있다. 썰렁한 개그든 서툰 유머든 상대방의 마음을 열려는 가상한 용기는 존중받아야 한다. 유머는 지적 능력뿐만 아니라 언어 감각이 있어야 구사된다. 유머는 상황을 판단하고 분위기를 읽는 능력, 즉 눈치가 있어야 나온다. 유머를 포기하는 건 뇌의 성장을 포기하는 것과 같다.

정리하자면, 연애를 하려면 연애 지능이 있어야 한다는 것. 연애 지능은 영리한 친절과 여유 있는 유머로 관계를 품위 있게 만든다는 것. 여기서 영리함이란 타인을 사랑하는 행위를 통해서, 그 타인이 내가 나를 사랑하는 과정을 적극 돕도록 유인하는 지능성을 말한다. 인간의 지능은 이기심의 발로이며, 인간의 어떠한 이타적인 사랑도 이기적인 자기애의 한 형태일 것이라고 나는 믿는다. 그렇지 않은가. 내가 행복하기 위해서 너를 사랑하는 것이다. 그 사랑이야말로 가장 파괴하기 어렵고 오래 유지된다. ●

친절하지 않은 지능, 지능적이지 않은 친절은

사랑을 위험에 빠뜨린다.

웅변적 침묵, 로렌스 앨마 태디마

고양이 흑산의 털은 꽃가루 같고 눈은 동굴 같다. 활처럼 휘는 탄력은 무른 공기 같다. 흑산은 고요하고 분주하다. 담장 위에 올라가 사월의 목련이 꽃봉오리를 열도록 얼굴을 비벼 잠을 깨운다. 옥잠화가 흰 꽃대를 올리면 앞에 앉아서 한참을 묵음으로 대화한다. 소낙비가 들이치면 장작더미 위에 올라가 빗소리와 교감한다. 그럴 때 나는 흑산의 명상 시간을 방해하지 않으려고 발걸음을 조심한다.

프랑스 철학자 장 그르니에의 산문집 《섬》에는 고양이 물루 이야기가 나온다. 그가 쓴 글을 읽고 나는 고양이의 세계를 조금은 이해하게 되었다.

"동물들의 세계는 침묵과 도약으로 이루어져 있다. 나는 동물들이 잠자듯 엎드려 있는 것이 보기에 좋다. (중략) 우리가 노동에 열중하듯이 그들은 휴식에 그렇게 열중한다. 우리가 첫사랑에 빠지듯이 그들은 깊은 신뢰로 잠 속에 빠져든다."

철학자는 고양이가 고양이다운 자격을 갖추려면 목걸이를 차야 한다고 생각한다. 그러면 고양이들 사이에서 성공을 거둔 고양이로 인정받고 우월감을 갖게 된다고. 목걸이는 방황과 유랑의 끝을 의미한다. 주인이 있음을 알리는 표식으로 우월한 지위를 보장받을지도 모르겠다. 유랑 고양이들로부터 귀족으로 추앙받을 수도 있겠다. 이건 어디까지나 인간이 바라보는 관점이다.

인간도 고양이도 자유로운 방황과 안락한 구속 사이에서 선택해야 한다. 나는 흑산에게 목걸이를 채우지 않았다. 그가 나에게 왔지만 나는 그를 소유하거나 구속할 마음이 없다. 그것은 내가 고양이를 사랑하는 방식이고 내가 사람과 관계하는 방식이기도 하다. 주인과 집고양이의 관계가 아니라 나와 고양이의 관계다. 나와 세계 사이에 고양이가 있어서 세계는 지루하지 않고 날마다 변화무쌍하다. 흑산과 나는 서로를 돌보고 서로의 역할을 다하지만, 서로의 세계를 침범하지 않고 애착하지 않는다.

"나는 저기 저 꽃이에요. 저 하늘이에요. 저 의자랍니다. 나는 그 폐허였어요. 한 줄기 바람이었어요. 그 열기였어요. 교묘히 변장하고 있는데도 당신은 나를 한눈에 알아보지 않으셨나요? 당신이 자신을 사람이라고 생각하니까 당신은 나를 한 마리 고양이라고 생각하는 거예요."

물루가 철학자에게 말한다. 고양이가 모든 사물에 깃들어 있듯이 혹은 모든 곳에 흩어져 있듯이, 나 또한 어디에나 있고 어디에도 없다. 그러니 누가 누구를 책임지고 누가 누구를 기를 처지가 못 된다. 서로 길을 가다 만났으니 가볍게 인사하고 잠시 담소를 나누고 같이 머물다 갈 뿐이다. ●

고양이가 모든 사물에 깃들어 있듯이

혹은 모든 곳에 흩어져 있듯이,

나 또한 어디에나 있고 어디에도 없다.

검은 고양이가 있는 실내, 월터 콘즈

마음에는 부력이 있다.
공기를 채우면 위로 뜨려는 성질이 있다. 마음 안에는 속을
비워서 숨을 깊게 들이쉴 수 있게 부풀린 공간이 있다. 중력
에 끌려 가라앉지 않고 얼마간은 버틸 수 있도록 하는 에어포
켓 같은 틈.

부력이 조금만 있어도 뜨는데 그 틈을 채울 공기가 없어 마음
은 가라앉기 십상이다. 마음의 부력에 따라 생활의 리듬도 떠
오르고 가라앉기를 반복한다. 주말에는 공기가 많아서 마음
이 쉽게 뜬다. 평일엔 숨을 참아서 그런지 마음이 바닥에 가
라앉는다. 요일에 숨을 불어넣는 일, 자기암시를 하는 일은
생활자들의 지혜다.

월요일은 새롭고 낯설고 설레고 떨린다. 둥둥 뜨진 않지만, 뜨라고 주문을 건다. 화요일은 마트에 가서 방울토마토를 사고 막대사탕을 산다. 꿈이 좋았다면 복권 가게를 들러도 좋다. 기분 전환용 공기 불어넣기. 수요일은 서점에 들러 책을 사거나 연극 관람을 해도 좋다. 비가 내리면 오다가 장미꽃을 사도 좋다. 꽃향기는 폐를 부풀린다. 목요일은 오래된 사진들, 빛바랜 관계들을 정리한다. 문득 그리운 사람이 있다면 통화 버튼을 눌러보거나 문자를 보내본다. 추억에도 부력이 있다. 금요일은 부지런히 뛰고 부지런히 마감한다. 미진하면 미진한 대로 둔다.

나쁜 것보다 좋은 게 조금이라도 더 많다는 생각이 들면 그건 괜찮은 것이다. 정다운 날에도 외로움이 스며있고, 좋은 사람에게도 힘든 면이 있다. 비율적으로 괜찮으면 좋은 날이고 좋은 사람이다. 좋고 나쁘고 힘겹고 수월한 나의 요일들이 마음의 부력이다. 바람 빠진 날도 있고, 빵빵한 날도 있고, 풀이 죽은 날도 있고, 빳빳하게 깃을 세운 날도 있다. 다만 가라앉을 날들을 위해 산소통을 채워두고 언제든 떠오를 수 있게 열기구의 점화장치를 점검해 두면 된다. ●

부력이 조금만 있어도 뜨는데

그 틈을 채울 공기가 없어 마음은 가라앉기 십상이다.

그리니치 병원 근처에서 떠오르는 풍선. 작자 미상

어제는 두물머리 세미원
에 갔습니다. 여름이 한창이라기에 만나러 갔습니다. 간간이
비가 내렸고 흐렸습니다. 나는 혼자였습니다. 나는 말수가 줄
었고 수척해졌습니다.

화상자국 같은 해가 먹구름 사이로 비쳤습니다. 드레싱 밴드
를 붙인 강물이 파랬습니다. 팔월의 민낯에 기미가 올랐습니
다. 내 심사가 음울해서인지 모든 게 아파 보였습니다. 겉으
론 말짱해 보이는 것들도 속을 열어보면 우기의 밀림입니다.
그렇지만, 생은 또 흘러갑니다.

북한강에서 흘러든 유유한 물과 남한강에서 흘러든 자적한

림태주 에세이

물이 부둥켜안으며 몸을 섞었습니다. 그때마다 연꽃이 흔들리며 태어났습니다. 동쪽에서 두루미가 날아들었고 날이 저물었습니다.

어제 나는 당신을 그리워했습니다. 오늘은 그리워하지 않으려고 연못가에 앉아서 빗소리를 듣습니다. 연잎은 젖지 않고 빗방울을 받아냅니다. 젖지 않는 연잎이 미워집니다. 잎이 비를 밀어내는 것 같아 서럽습니다. 사람은 혼자 있으면 약해집니다. 연잎이 차오른 빗물을 쏟아냅니다. 내 안에 고이지 않는 당신, 내 생각 밖으로 쏟아지는 당신.

계절이 서붓 옮겨가고 있습니다. 세상의 일들이 착오 없이 이루어집니다. 이제 곧 풀벌레 울음이 짙어지고 감잎이 붉어지고 쇠무릎이 관절을 꺾을 것입니다. 당신이 없는데도 날이 저뭅니다. 당신이 없는데도 버젓이 저녁이 옵니다. 저녁이 와서 가로등이 켜지고, 가로등이 켜져서 길이 환해지고, 길이 환해져서 마치 내가 당신을 기다리기나 한 것처럼 난감해집니다. ●

겉으론 말짱해 보이는 것들도

속을 열어보면 우기의 밀림입니다.

그렇지만, 생은 또 흘러갑니다.

연꽃 백합, 찰스 코트니 커란

　　　　　　　　　저물 무렵에 도둑눈이
살금살금 다녀갔습니다. 아궁이에 불을 넣었고, 차오르는 불
꽃의 밀물을 구경했고, 시래기된장국 같은 게 그리워 쌀밥을
안쳤고, 파래무침 따위가 궁금해 가을무를 꺼내 썰었습니다.
늦은 밤에 올빼미가 울어 몇 줄 읽던 책을 내려놓고 고독했습
니다. 적요의 수심이 깊어서 무서웠고, 사람 같은 게 그리워
뒤척이다 잠들었습니다.

밤사이 바깥이 소란스럽더니 비곗살 같은 눈이 쌓였습니다.
눈 치울 일이 까마득해서 눈을 뭉쳐 조형물을 만들어 파는 설
치미술가가 돼볼까 잠시 궁리했습니다. 오늘은 안마당부터
치우지 않고 눈삽을 들고 대문 밖으로 나갔습니다. 치우다 쓰

러지더라도 통로는 열어둬야지 생각했습니다. 마음 안에 누군가 들어와 있다는 사실이 생각이며 행실을 이타적으로 만듭니다. 나는 참 기특합니다.

겨우 길을 열었을 때 지원군이 도착했습니다. 택배차에서 내린 기사님이 눈을 치워줘 고맙다며 택배 상자를 건네주고 떠났습니다. 포장 테이프를 뜯으면서 눈치챘습니다. 카카오와 설탕 냄새는 속일 수가 없습니다. 잉크 냄새가 찬 공기 속으로 번져서 편지도 눈치챘습니다. 내가 쓴 책을 읽고 잘 살아야겠다고 다짐했다는 독자의 편지였습니다. 나는 초콜릿 한 조각을 입에 넣고 오물거렸는데 동백꽃 같은 것이, 여름 같은 것이 왈칵왈칵 입 안에 고였습니다.

오늘 내 몸 안에 핀 동백을 오래 기억해야지 생각했습니다. 우리는 각자의 세상을 각자의 방식으로 견뎌내고 있습니다. 지지 않는 것만으로도 서로에게 보내는 응원이고 위안입니다. 킬리만자로의 표범이 산정 높이 올라가 죽는 이유는 굶주림 때문이 아니라 혼자 버텨야 한다는 칼날 같은 외로움 때문일 겁니다. 다시 눈이 퍼붓습니다. 나는 히말라야삼나무처럼 결연하고 용감해집니다. 봄은 생각보다 가까이 있습니다. ●

오늘 사랑한 것

숨

킬리만자로의 표범이 산정 높이 올라가 죽는 이유는

굶주림 때문이 아니라

혼자 버텨야 한다는 칼날 같은 외로움 때문이다.

뇌레브로의 겨울, 피터 로스트럽 뵈예센

편지를 받고 서운했습니다. 당신은 어떻게 지내느냐고 묻지 않고 그곳은 어떠냐고 물으셨지요? 나의 안부가 아니라 내가 사는 그곳의 안부를 물어서 당황했습니다. 내가 답장할 이유가 없겠다, 당신이 말한 '그곳' 더러 답장하라고 전해야겠다 싶은 걸 꾹 참고 대신 소식을 전합니다.

당신이 궁금해하시니 이곳의 안부를 먼저 전하겠습니다. 이곳 저녁은 가을이 점령하고 이곳의 새벽은 안개가 주둔합니다. 이곳 안개에선 바닐라 아이스크림 냄새가 납니다. 처음엔 달큼하게 추근거려서 밀어냈는데 요즘은 대로변까지 안개를 마중하러 나갑니다. 이곳에 안개가 다녀가면 담쟁이덩굴이

나 화살나무 잎들에서 푸른 웃음기가 빠져나가고 갱년기 같은 불그레한 반점이 번집니다. 푸름을 탐하는 안개의 욕망은 추하고 노골적이어서 앞산의 상수리나무들이 밤마다 문단속을 심하게 합니다. 아침이면 숲 언저리에 주저앉아 있는 안개를 햇살이 부축하고 일어섭니다. 일어선 자리에 푸르스름하고 무른 안개의 뼈들이 흩어져 있습니다. 이곳의 풍경은 이렇습니다.

나의 근황은 어떤지 보고하겠습니다. 안개에 굴하지 않고 서 있는 뚱딴지꽃처럼 나는 늠름합니다. 안개 속에서도 온전히 당신을 느끼기 위해 감각을 집중하고 있습니다. 나의 기다림은 가을의 정중앙에 안테나를 세우고 당신이 혹여 보내올지도 모를 텔레파시를 수신하기 위해 키를 높이고 있습니다. 그리움의 감도를 높다랗게 올리고 있습니다.

가을의 우울은 생리통 같습니다. 며칠 사람을 잡습니다. 주기적이고 집요합니다. 가을을 왜 초록을 죽인다는 '살청殺靑의 계절'이라고 하는지 알 것 같습니다. 나무들에게서 푸른 피를 뽑아내는 탈색 작업이 시작되면 나무들의 우울은 걷잡을 수가 없습니다. 붉으락푸르락 물들어가는 숲의 신경질에 아랑곳없이 야생동물들은 나무 열매를 먹고 살이 찌고 털에서

윤이 납니다. 나는 살청 당하지 않으려고 푸름을 감추고 지냅니다.

나도 몹시 궁금합니다. 당신 말고, 당신의 그곳이 어떠한지. 그곳의 가을은 어느 만큼 깊어졌는지, 그곳의 단풍물에 빠지면 헤엄쳐 나올 수 있는 정도인지, 혹 당신이 빠져서 허우적대면 앞뒤 안 재고 뛰어들어 구해 줄 녀석이 그곳에도 있는지. ●

나무들에게서 푸른 피를 뽑아내는 탈색 작업이 시작되면

나무들의 우울은 걷잡을 수가 없다.

전나무 숲 I, 구스타프 클림트

나는 사랑에 빠진 사람에게 묻습니다. 당신이 사랑한다는 것을 당신은 어떻게 알 수 있느냐고. 당신의 사랑은 어떻게 가능하냐고. 만일 사랑이 행위의 산물이라면 키스 하나로도 증명될 텐데요. 그런데 말이죠. 만일 사랑이 의지나 기억의 작용이라면 어떻게 할 건가요? 체험되는 게 아니라 믿어지는 것, 그러리라 생각되는 것, 무엇이라고 말해지는 인식이 사랑이라면 말이죠.

내 사랑은 늘 담론 바깥에 있었어요. 언술과 이해의 영역 밖에 존재했어요. 사랑은 규정되지 않아서 자주 부정되고 자주 피로해지는 감정이었죠. 사랑을 사유하는 순간 사랑은 사랑의 본질에서 멀어지는 것처럼 느껴졌어요. 그래서 사람들은 사랑의 철학보다는 사랑의 지속을 위한 신앙에 몰두하는 게 아닐까 싶어요. 신이 모호성을 근간으로 하듯이 사랑도 실체가 없어요. 불연속적이고 분절된 경험의 파편으로서만 존재하죠. 사랑하면 사랑할수록 사랑은 이해할 수 없고 이해되지 않는 영역이라는 걸 알게 됩니다. 세상에 떠도는 무수한 사랑의 정의나 사랑의 말들은 그러니까 완전한 이해나 완전한 해석의 결과물이 아니라 이해를 시도한 여러 설명의 흔적들인 셈이죠.

사실은 사랑을 알 수 없는 게 아니라 사랑을 경영하는 사람을 알 수 없는 것이고, 사랑이 체험되고 있을 때 그 도중의 마음, 그 와중의 혼돈, 그 시시각각의 변화를 겪고 있는 인간을 이해하기 어려운 것이죠. 어떤 특별한 동기나 의무감이 작동해야만 사랑의 사유가 시작되는 것 같아요. 사랑의 진화를 추구하려고 할 때, 사랑의 단계와 깊이의 가능성을 확인하고 싶어 할 때, 사랑의 분절성을 영속성으로 전환하고 싶을 때, 사랑은 비로소 탐구되고 질문의 대상이 되는 것이죠.

사랑은 사랑의 이론을 가지고 싶어 합니다. 사랑의 에너지가 그렇게 시키는 경우도 있지만, 사랑을 미학적인 어떤 것으로 승화하고 싶은 욕망 때문일 겁니다. 물론 대부분 실패하지만

요. 반대편에서는 사랑의 관념, 사랑의 이해를 금지하고 명상에 들게 하죠. 그것이라고 말해지는 그것은 있는 것도 아니고 없는 것도 아니라고 말하면서요. 어디에나 있고 어디에도 없다고 하고, 인간의 언어로는 세울 수 없다고 하고, 언어가 끊어진 곳에 있다고도 하죠. 믿지 말라고 하고, 그 믿음 자체가 허상이라고 하고, 있던 것도 믿는 순간 변질돼 버린다고 말하죠.

지금의 나는 사랑에 토를 달지 않습니다. 사랑이 무엇이냐고, 어떻게 사랑이 가능하냐고 물었던 나의 사랑들은 흔적 없이 사라졌거든요. 이젠 이해하려 들거나 해석하려 들지 않습니다. 불가능하다는 것을 알기 때문입니다. 사랑은 그냥 살아가는 것입니다. 그 이상도 그 이하도 아닙니다. 살아간다는 것은 느끼고 견디고 욕망하는 것입니다. 그것만이 옳고 그것만이 옹호됩니다. 이것이 요즘 내가 알고 있는 사랑의 정체입니다. ●

살아간다는 것은 느끼고 견디고 욕망하는 것.

그것만이 옳고 그것만이 옹호된다.

골드 핸즈, 딘 콘웰

　　　　　　　김소월이 쓴 〈개여울〉이
라는 시가 있다. 1970년대에 가수 정미조가 데뷔곡으로 불러
한 시대를 풍미했다. 가수 아이유가 리메이크해서 젊은 축에
서도 아는 곡이 되었다.

당신은 무슨 일로
그리합니까?
홀로이 개여울에 주저앉아서

파릇한 풀포기가
돋아나오고
잔물은 봄바람에 헤적일 때에

가도 아주 가지는

않노라시던

그러한 약속이 있었겠지요

날마다 개여울에

나와 앉아서

하염없이 무엇을 생각합니다

가도 아주 가지는

않노라심은

굳이 잊지 말라는 부탁인지요

노랫말이 아름다워서 자주 들었다. 당신은 무슨 생각으로 그렇게 말했느냐고, 그런 허튼 약속을 했느냐고 묻는데 애잔하고 아리다. 어쩔 수 없이 가기는 가지만 아주 가는 건 아니니 기다려 달라고 말했던 모양이다. 그래 놓고는 한참을 기다려도 오지 않는다. 그래서 생각해 보는 것이다. 아, 그 말은 돌아오겠다는 약속이 아니라 잊지 말고 살자는 부탁이었겠구나 하고.

미술을 페인팅이라고 하듯이 음악도 페인팅이라고 할 수 있다. 소리로 그리는 그림. 사람이 글을 쓰게 된 연원도 그리운 사람을 심중에 그려두려는 간절한 욕망에서 비롯됐을 것이다. 음으로 그린 당신을 노래라고 하고, 색으로 그린 당신을 그림이라고 한다면, 글자로 그려낸 당신을 시詩라고 할 수 있겠다. 당신이라는 존재가 없다면 애초에 예술이란 게 생겨날 일이 없는 것이다.

그러니 당신은 누군가에게 슬프고 아리고 아름다운 영감의 원천이라는 것. 어쨌든 당신은 누군가가 살아갈 이유라는 걸 잊지 말아야 한다. 그러므로 당신을 기다리는 사람에게 무슨 일로 당신이 그리하는지 까닭 정도는 말해줘야 한다. 그래야 그 사람이 꽃이 피고 잎이 지고 눈발이 날리는 때까지 개여울에 주저앉아 하염없이 시들어가지 않을 것 아닌가.

당신은 내가 무슨 일로 그리하는지도 꼭 알아야 한다. 돌아오지 않는 건 당신의 자유지만, 돌아올 때는 단단히 각오해야 한다. 분명한 사랑이란 게 가능할까 싶지만, 그렇다고 애매모호한 당신의 약속을 사랑이라고 하기에도 어설프지 않은가. 고마리꽃들이 개여울을 온통 뒤덮고 있는데. ●

당신은 누군가에게 슬프고 아리고 아름다운

영감의 원천이라는 것,

당신은 누군가가 살아갈 이유라는 걸

잊지 말아야 한다.

백합 모으기, 이스트먼 존슨

수련의 결심

언제부턴가 아들이 통화를 하고 마칠 때면 "사랑해, 아빠!"라는 생경한 말을 했다. 나도 반사적으로 "사랑해, 아들!" 하고 말하는데 어느 날 내가 그 말에 사랑의 표정을 충분히 담아내지 못하고 있다는 걸 감지했다. 나는 곰곰 생각해 보았다. 아들의 저 말은 어디서 왔을까? 나는 나의 부모에게서 저 말을 배우거나 듣고 자라지 않았다. 그러므로 국적 불명의 저 말을 내가 아이에게 물려줬을 리 없다. 그래서 아이로부터 저 말을 들을 때마다 미안함과 고마움의 감정이 뒤섞여 교차한다.

아이는 어릴 때부터 이 말을 일상으로 한 게 아니라 어느 날 사용하기로 '결심'한 것이다. 말함으로써 사랑하고, 사랑함

림
태
주
에
세
이

090

1부

으로써 말하기로 '결정'한 것이다. 이 비상습적이고 의지적인 사랑의 결심은 정확한 사랑이라기보다는 사랑하겠다는 사랑의 예언이다. 그러니까 사랑 본연의 이행이 아니라 사랑을 해석하는 하나의 세계관이다. 고귀하고 거룩한 추상이 아니라 세속적이고 일상적인 가치여야 한다는, 사랑에 대한 전복이고 저항이다. 그래서 세상의 모든 '사랑할 결심'은 갸륵하면서 비장하다.

아들과 통화할 때 나는 약간의 변화를 준다. 반사적으로 사랑한다고 답하는 대신 고맙다고 말한다. 아들의 '사랑해'가 사랑의 언어적 실험일지라도 중단하지 않고 사랑을 표상하는 숭고함에 고마움을 전한다. 인간의 말에 어느 만큼의 진심을 담아낼 수 있는지, 혹은 진심의 깊이라는 게 존재하는지 나는 모르겠다. 그럼에도 그 사랑의 시도는 오랜 끈기를 요구하고, 의지는 사랑의 실존을 증명한다. 사랑의 말은 행동하는 사랑을 견인한다. ●

말함으로써 사랑하고,

사랑함으로써 말하기로 '결정'한 것이다.

세상의 모든 '사랑할 결심'은 갸륵하면서 비장하다.

브덴초네 술 가르다의 청년 초상화, 마리아 마르가 토마스

산책길에 고양이가 예
뻐서 사진을 찍으려고 스마트폰을 들이대니 고양이가 다가
왔다. 나는 고양이를 쓰다듬었다. 가르랑거리는 소리를 낸다.
고양이는 전생을 기억한다고 하던데 나는 우리 사이의 아득
한 인연이 궁금하다.

결별하는 연인들은 다 말하지 못하고 헤어진다. 다 말한다고
후련할 리도 없고, 소용도 없기 때문이다. 나의 경우엔 더 아
플 것 같아서, 부질없는 미련 같은 걸 남기고 싶지 않아서 입
을 다문다. 어쨌거나 사랑에 최선을 다하지 못한 내가 남는다.

그래서 고양이를 만나면 속죄부터 한다. 그때 내가 그대에게

오늘 사랑한 것

숨

다하지 못한 사랑이 있다면 부디 용서해 달라. 이리 많은 그리움을 떠안고 괴로운 현세를 살아가고 있으니. 고양이는 과묵하고 유연한 동물이지만 쉽게 용서하는 스타일은 아닌 듯하다. 그래서 나는 지금의 사랑을 조심한다. 못난 사람이나 용서에 매달리는 법이다. 지금 사랑을 말하지 못하면 점점 못하게 되고, 끝내 입을 닫게 되고, 나처럼 나중에 못다 한 전생의 사랑을 만나 용서를 빌게 된다.

길을 가다가 내 사랑의 전생을 만나면, 오늘 고양이를 만난 일에 대해서 말해야겠지. 그렇더라도 현생에 사랑이 있었고 용서받지 못한 이별이 있었고 다음의 사랑을 꿈꾸었다는 불경스러움에 대해서는 함구해야겠지. ●

내가 그대에게 다하지 못한 사랑이 있다면

부디 용서해 달라.

이리 많은 그리움을 떠안고

괴로운 현세를 살아가고 있으니.

붉은 스카프, 클로드 모네

아이유의 앨범 〈Love Poem〉에 '시간의 바깥'이란 곡이 수록돼 있다. 내가 이 글 '시간의 테두리'를 작가 K에게 보냈더니 그가 이 노래를 들어보라고 알려 줬다. 아이유가 직접 작사한 곡인데 "기어이 우리가 만나면, 시간의 테두리 바깥에서"라는 부분이 나온다. 시적이어서 앨범 제목을 왜 러브 포엠이라고 했는지 이해가 됐다. 내가 K에게 보낸 이 글도 다른 각도에서 사랑에 관한 시일지도 모른다.

모든 것은 둘레를 가지고 있다. 파동의 너비나 파장의 길이를 포함해서 각자의 공간을 가지고 있다. 사람에게는 삶의 공간이 있고, 책상에는 형체라는 윤곽이 있고, 사랑에는 감정의 테두리가 있다.

놀라운 건 각자가 차지한 공간의 테두리가 예고 없이 변한다는 것. 각자가 가진 원래의 부피가 있는데, 그 부피가 자신의 몸집보다 팽창하는 때가 있다. 가령 어떤 외로움이 있는데 외로움의 부피가 외로움의 몸통보다 커지는 사태. 날이 저물고 찬 바람이 부는데, 외로움이 퇴근해서 몸집 안으로 들어가야 하는데 들어가지질 않는 것. 가까스로 쑤셔 넣듯이 몸통 안에 들어가 무릎을 꺾어 그 사이로 상체를 말아 넣고 운다. 이런 것이 외로움의 본질이라는 듯이.

가령 어떤 사랑이 있는데 사랑의 둘레가 좁혀진다. 처음엔 감정의 거리가 좁혀지는 거라고 착각한다. 나중에야 사랑이란 것도 서로를 바라볼 틈새가 있어야 한다는 걸 알게 된다. 사랑이 사랑의 이름으로 숨을 틀어막는다. 코르셋 안에 자유를 밀어 넣듯이 사랑의 신체를 속박한다. 사랑 바깥의 외력은 사랑의 테두리를 쪼그라뜨린다. 사랑의 형체를 알아보기 힘들 정도로.

시간에도 테두리가 있다. 시간은 변화가 속성이지만, 시간 역시도 시간이라는 테두리 안에서 변화무쌍하다. 우리는 자신이 차지한 공간의 크기가 자신의 삶이라고 착각한다. 우리가 가질 수 있는 게 있다면 시간뿐이다. 우리가 삶을 산다는 건 시간의 둘레를 어디까지 확장했느냐 하는 것이다. 공간이 아닌 시간의 부피가 삶의 유연성과 가깝다. 아이유의 '시간의 바깥'처럼 시간을 안과 밖으로 구획할 수도 있다. 안의 시간이 과거의 기억이라면 바깥의 시간은 아직 경험하지 못한 새로운 세계가 될 것이다.

어쩌면 원래는 공간도 시간도 둘레란 것이 없었는데, 그 둘레를 만들어 범위를 정한 것도 나였으며, 그 둘레를 늘리고 줄이고 한 것도 나였다면 어떻게 할 건가. 내가 나를 사랑한 만큼이, 내가 나를 슬퍼하고 연민한 만큼이 나의 둘레라고 한다면. ●

날이 저물고 찬 바람이 부는데,
외로움이 퇴근해서 몸집 안으로 들어가야 하는데
들어가지질 않는다.

산 위의 분홍구름, 찰스 코트니 커란

도
배 움
묘 는 도 오 지

아버지라는 이름을 앞세워 나는 쓴다. 내가 겪어서 아는 것들만 달의 시간에 기대서 너에게 남기려고 한다. 인생이 어려운 말로 삶을 물어올 때 나는 차마 대답하지 못했다. 너도 마찬가지일 것이다. 그러므로 이것은 부끄러움을 무릅쓰고 가까스로 전하는 응원의 말이고, 먼저 태어났지만 미욱한 삶을 산 자의 반성문이다.

1월 · 순서

나는 계획표 속에서 살았다. 생활계획표와 학업진도표가 내 시간을 관리했다. 할 일이 먼저 와 있었고, 그 할 일은 내가 마땅히 '해야' 할 일들이었다. 지금 시대는 '하고 싶은' 일을 먼저 하라고 부추긴다. 나는 예전의 방식이 부당하고 지혜롭지 못하다고 생각하지 않는다. 인생이란 설계도가 있는 건축물 같아서 기초를 제대로 다져야 올리고 싶은 높이까지 올릴 수 있다. 절차에는 이유가 있고, 할 일을 먼저 해야 할 이유가 있다.

2월 · 인정

나는 자주 틀린다. 예전에도 틀렸고 지금은 더 자주 틀린다. 그런데도 우겼고, 우겨서 틀린 줄 모르고 살았다. 언제부턴가 모르는 것은 모른다고 인정하기 시작했다. 그렇다고 내가 패배자가 되지는 않았다. 편안해지고 관대해지고 구애됨이 없어졌다. 안다고 나설 때보다 모른다고 물러설 때 내가 좀 더 어른답다고 느껴졌다.

3월 · 사람

나는 일이 되어 가는 성과에 주목했다. 이것은 '어떻게'에 훈련된 사람의 특징이다. 목표와 문제 해결에 몰두하느라 '누가' 문제를 풀고 있는지 들여다보지 못했다. 명백한 나의 과오였다. 전체를 보는 것은 중요하다. 그러나 전체를 이끌어가는 힘은 부분에 있다. 사람이 전부다. 부분의 징후에 둔감하면 전체의 균열을 보지 못한다.

4월 · 관계

나는 주기보다 받으며 살아왔다. 그것은 행운이지만 고마움을 감지하고 표현하는 성의를 무디게 했다. 받는 게 습관화되면, 이루려 하지 않고 얻으려 든다. 아무리 작은 호의라도 기대하는 반응의 크기가 있다. 마음이 올 때 마음만 오지 않는다. 바라는 마음이 항상 따라온다. 더 주고 덜 바랄 것! 이것만 기억해도 인생이 덜 외롭다.

5월 · 고언

나이 들수록 내게 좋은 사람이라고 말해주는 사람이 많아졌다. 나는 알았다. 그건 그들의 인격이고 예의 바름이라는 걸. 나의 사람됨은 나만이 안다. 나는 사람이 망가지는 가장 빠른 방법을 알고 있다. 주위의 아부와 호들갑스러운 추앙. 아부는 칭찬의 탈을 쓰고 접근한다. 솔직한 관계는 위험을 무릅쓴다. 정직하게 말하려고 망설이고 염려하는 사람을 가까이 둬라.

6월 · 신망

나는 권위적인 말에 눌렸다. 전문가의 말, 스승의 말을 쉽게 믿었다. 이것은 식자들의 약점이다. 나는 그 말들의 실체를 판별하지 못했고 영광되게 인용했다. 권위의 옷이 벗겨지고

나서야 그 말들의 과장과 허위를 보았다. 권위만큼 미혹하고
허망한 것도 없다. 권위에 기대어 말하지 말고, 진실에 기대
어 말해라. 권위의 말은 자기 이익을 바라는 말이고 신망에서
나오는 말만이 베푸는 말이다.

7월 · 재미

빵은 중요하다. 그건 성실한 노동으로 얼마큼 해결할 수 있
다. 그런데 인간은 빵으로만 살 수 없다. 유희는 긴요한 삶의
방편이다. 일생 내내 좋아할 놀잇감을 갖지 못하면 사람을 타
고 의존하게 된다. 혼자서도 잘 놀 수 있어야 영육이 건강해
진다. 몰려다니고 떼로 하는 재미는 오래가지 못한다. 내가
나로부터 소외되지 않으려면 유희와 놀이라는 친구와 두루
사귀어야 한다.

8월 · 책임

뜻 없는 말과 의도 없는 행동이란 있을 수 없다. 아주 작은 조
각이라도 내 모든 언행에는 내가 들어 있다. 그래서 아무리
의도가 없었다고 말해도 내가 오해를 산 일은 무효가 될 수
없고 참작될 수 없다. 그건 인간의 본성이고 그건 관행이고
그건 무의식적 습관이라고 말해도, 그것들이 일으킨 사건의
배후가 나라는 사실을 부인할 수가 없다. 오해 앞에서 변명은

슬프고 해명은 부질없지만, 깔끔한 인정과 사과와 반성은 새로운 기회를 열어 준다.

9월 · 신중

정신의 속도보다 몸의 속도가 항상 느리다. 정신은 브레이크를 밟는데 몸은 액셀을 밟는 오류를 범한다. 때로는 정신의 전기가 나가고 몸에만 전류가 흐르기도 한다. 항상 일치되고 항상 통제할 수 있다고 자신하면 안 된다. 그러므로 몸과 마음의 이격을 인정해라. 서두르지 마라. 조급할수록 몸이 판단력을 따라오지 못한다. 진실마저도 느리게 말하고 확인하며 말하고 작게 말한다.

10월 · 인내

살다 보면 마음에 안 드는 일이 일어난다. 어떤 일은 참견하고 나면 후회된다. 후회됐다면 그건 참아야 하는 일이었다는 뜻이다. 참 이상하게 한다는 생각이 드는 일이 있다. 나중에 보면 이상하게 하는 게 아니라 내가 모르는 방법으로 한 일이라는 걸 알게 된다. 기다리면 의도나 진의가 밝혀지는 일이 삶에는 많다. 지혜는 현명한 생각에만 있지 않고 기다리고 인내하는 처신에도 있다.

11월 · 관용

젊을 때는 휩쓸리기 쉽고 순진하게 따르기 쉽다. 나는 그것이 무작정 냉소하고 고집하는 것보다 낫다고 생각한다. 인생은 불가해하다고 여기면 모호한 것 투성이지만 보이는 것들만이라도 제대로 보려고 하면 실상이 파악되고 해석의 여지를 준다. 중심을 잡는 일이 어려운 이유는 자기중심은 자신밖에 모르기 때문이다. 나를 알면 다른 걸 몰라도 큰 문제가 안 된다. 다른 건 아는데 나 하나를 모르면 그것만큼 위험한 일이 없다. 나의 중심은 고집이 아니라 흔들림을 통해서 얻게 되고, 그 중심에는 너그러움과 넉넉함이 있다.

12월 · 긍정

긍정적이라는 말은 부정적이지 않다는 뜻이 아니다. 부정보다 약간이라도 긍정이 우위일 때 긍정적이라고 말한다. 회의하고 따져보는 부정이 긍정을 긍정답게 만든다. '경제적 자유'라는 말은 근사하지만, 경제력이 나아져도 자유는 살 수 없다. 보험에 가입해도 안전을 보장받을 수 없고, 집은 살 수 있어도 가정을 살 수 없는 이치와 같다. 긍정하며 살기 위해서라도 합리적 의심을 동원해서 살펴봐야 한다. 세상에서 100% 긍정해도 뒤탈이 없는 것은 오직 자기 자신밖에 없다. ●

마음이 올 때 마음만 오지 않는다.

바라는 마음이 항상 따라온다.

베니스의 석호에서, 에드먼드 장 드 퓨리

2부

색

흰색은 고요를 품고 있는 색이다. 그래서 흰색은 정적인 움직임을 묘사할 때 쓰인다. "엄마가 희게 웃었다"라는 문장을 읽으면 함박꽃처럼 환한 웃음의 모양이 연상되지만, 웃음의 의성어는 얼른 떠오르지 않는다. 그런데 꽃이 벙그는 모양이 아니라 눈발이 펄펄 날리는 동태적 상황이라면 양상이 달라진다. 소거된 볼륨이 불현듯 켜져서 청각이 시각을 덮친다. 흰색은 공감각 이미지를 형용하는 데 제격이다.

펄펄 내리는 눈은 동동거리며 뛰노는 아이들과 잘 어울린다. 눈송이 하나하나가 웃음소리를 머금고 있다가 강아지 꼬리나 목도리 보푸라기에 닿는 순간 재채기처럼 터진다. 눈의 웃

음은 아이들의 천진난만을 모방한 것일 텐데 들판이든 운동
장이든 왁자지껄 시끄럽게 만든다. 이 외향성은 잘 드러나지
않는 흰색의 또 다른 면이다.

지금의 나는 눈발이 흩날릴 때보다 무결하게 덮여있는 설원
이 좋다. 혁명군처럼 밀고 들어온 눈사태를 직면할 때, 나는
태초의 문 앞에 서 있는 듯한 황홀을 경험한다. 두껍게 층을
이룬 시원의 눈을 밟으면 침묵이 깨어난다. 침묵은 우주의 잠
이다. 천지에 사물이 처음 생겨났을 때 형상이 아니라 소리로
존재했다는 우주 기원설이 있다면 나는 그것을 믿을 것이다.
태초에 소리가 있어 듣기에 좋았더라!

흰색을 바라보고 있으면 들린다. 흰색은 참다운 말씀이다. 흰
색의 잠언을 듣고 있으면 인간이 체온을 어디에 사용했었는
지 떠올리게 된다. 만약 당신이 하는 말을 듣고 누군가 희게
웃는다면, 그 사람은 당신에게 관심이 있다는 뜻이다. 당신
이 그 사람의 웃음이 좋아서 또 말했는데, 그 사람이 첫눈처
럼 웃는다면 당신의 마음이 이미 그 사람에게 넘어갔다는 뜻
이다.

우주에 소리와 색이 있었는데, 공교롭게도 소리와 색 사이에

생명체 하나가 끼어들었다. 하필이면 그 생명체에 의식이란
게 있어서 스파크가 일었는데 그것이 인류가 발견한 최초의
사랑이었다는 빅 히스토리를 흰색의 주술에 홀려서 이리 길
게 썼다. 그 어떤 우주 탄생의 기원도 사랑이 아니고는 해석
이 불가하다. ●

당신이 그 사람의 웃음이 좋아서 또 말했는데,

그 사람이 첫눈처럼 웃는다면

당신의 마음이 이미 그 사람에게 넘어갔다는 뜻이다.

겨울 풍경, 카를 오린치 폰 타운

사물의 미술시간

물들임을 목적으로 재배
되거나 이용되는 식물이 있다. 치자와 꼭두서니와 쪽 같은 염
료 식물을 나는 좋아한다. 물들이고 물든다는 것만큼 매력적
인 일이 없다. 생각해 보면 세상 모든 것들이 각자의 방식으
로 각자가 맡은 구역을 염색한다. 구름은 하늘을 염색하고 봄
은 숲을 염색하고 빛은 바람을 염색한다. 나는 너에게 물들어
사랑이 되고, 너는 나에게 물들어 시가 된다. 내가 쓰는 이 글
이 누군가에게 스며든다면 이 글도 염색 재료다. 나는 다만
내 문장의 명도와 채도를 염려할 뿐이다.

치자의 흰 꽃은 볼륨감 있는 크림색인데 향기의 질감도 크리
미하고 도톰하다. 치자씨에서 우려낸 물감은 가을을 노란빛

으로 물들인다. 요즘 치자는 단무지를 노랗게 물들이는 데까지 진출해 바쁘다. 꼭두서니는 다년생 덩굴풀인데 뿌리에 푸르푸린Purpurin이라는 배당체 색소가 들어 있어 감물처럼 진한 황색으로 물들인다. 여뀌꽃과 비슷한 쪽풀에서는 인디고, 즉 남색을 얻는다. 남색藍色의 '남'자가 쪽을 말하는 것이어서 남색이 곧 쪽색이다.

나는 '물감'이란 말만큼 인공적이면서 아름다운 낱말을 알지 못한다. 염색이란 말은 다분히 화학적이고 공업적이다. 물감은 물들이는 물질을 통틀어 이르는 용어인데 물감이란 말에선 염색이나 염료와 같은 공업적인 인상이 묻어나지 않는다. 식물적인 느낌이 고스란히 살아 있다. 내가 인간에 대해 놀라워하는 것은 인공강우를 만들고 인공지능을 창조하는 놀라운 재주가 아니다. 식물이나 광물 따위에서 어떻게 그토록 신비한 색을 찾아내 옷감을 염색하고, 무뚝뚝한 벽돌에 색감을 입히고, 머릿결을 비단처럼 물들일 수 있는가 하는 능력이다.

물이 들어 색이 드러나는 걸 발색이라고 한다. 착색이란 속까지 물이 드는 결합이라기보다는 겉면을 바꾸는 형식이다. 그래서 발색과 착색은 조금은 다른 삶의 은유로 읽힌다. 색이 다른 색에 건너가 자기 색을 투명하게 드러내는 발색은 사랑

오늘 사랑한 것

색

113

의 본질에 가깝다. 역시 그 반대도 마찬가지다. 나의 전부를 그의 색깔로 온전히 채운다는 건 사랑 아니고선 불가능한 일이다. 색과 색이 만나지만 삶의 내용은 결속되지 않고 생활의 표면만 채색되는, 스밈과 물듦이 없는 착색은 곧 벗겨진다. 햇빛에 탈색되고 바람에 갈라지고 습기에 들뜬다. 대개 시간의 발효 없이 집착과 조건으로 점철된 사랑의 모습이 이렇다.

그래서 사랑은 걱정한다. 내가 너를 물들이는 일의 두려움이 아니라 내가 가진 물감이 선량하고 맑은가를. 내가 가진 물감이 조화롭게 잘 섞이는 성질인가를. 아름답게 보이는가가 아니라 아름다움을 보는 능력이 있는가를. ●

사랑은 걱정한다.

내가 너를 물들이는 일의 두려움이 아니라

내가 가진 물감이 선량하고 맑은가를.

식물학자, 조지 엘가 힉스

오늘 색을 좋아하세요?

그 사람이 내게 묻는다. 어떤 색을 좋아하세요? 나는 잠시 망설이다가 보라색을 좋아 한다고 말한다. 내가 잠시 망설인 건 내가 어떤 색을 말하면, 그 특정 색을 좋아하는 사람으로 인식될까 봐 걱정해서다. 다 음에 그 사람을 만났을 때 그는 나에게 보라색 파우치를 선물 했다. 내가 초콜릿을 좋아한다고 말하면 사람들은 그 말을 기 억했다가 초콜릿 선물을 보내온다.

나는 보라색도 초록색도 빨간색도 흰색도 좋아한다. 도라지 꽃이 필 때라서 보라색을 말했을 뿐이다. 묻는 이의 의도를 알아채곤 그를 배려하느라 초콜릿을 말했을 뿐이다. 그렇지 만 남이 인식하는 나는 내가 말한 것, 내가 표현한 것으로 한

정된다. 내가 좋아하는 색깔이 계절에 따라 기분에 따라 변함에도 나는 보라색을 좋아하는 사람으로 기억된다. 내가 말한 것만 나의 세상이 되고, 나에 대한 진실이 되고, 그것이 사회적으로 입증된 나다.

나는 내가 고른 언어다. 다양하게 말하면 다채로운 내가 되고, 다층적으로 말하면 은유하는 내가 된다. 표현한다는 것은 나의 어떤 단면을 보여 줄 것인가를 선택하는 행위다. 선택의 폭이 곧 내 세계의 지분이고, 나의 세계는 표현된 범위로 제한된다. 삶은 명사가 아니라 동사라서 '말하는' 만큼이 삶이다. 생각도 가지는 것이 아니라 '하는' 것이라서 생각한 만큼이 삶이다.

나는 다정하고 소상하게 답하려고 애쓴다. 보라색도 노란색도 파란색도 좋아한답니다. 계절에 따라 그날의 기분에 따라 달라지거든요. 지금 당신의 기분은 어떤 색인가요? ●

삶은 명사가 아니라 동사라서

'말하는' 만큼이 삶이다.

푸르빌의 일몰, 넓은 바다, 클로드 모네

능소화가 피었다

"능소화가 피었다!"

나는 이토록 명징한 문장을 쓰지 못한다. 이렇게 쉽게 쓸 수 없다는 걸 알아버렸다. 능소화가 피기까지의 아슬아슬한 목숨의 시간을 지켜보았기 때문이다.

겨울에 두 그루가 얼어 죽고 두 그루가 겨우 살아남았다. 살아남은 능소화도 이식에 적응하느라 작년에 꽃을 피우지 못했다. 올해 여름이 돼서야 용케 꽃을 매달았다. 저 '피었다'는 말은 생과 사를 힘겹게 오가는 일이었다.

나는 떨리며 꽃을 본다. 소문낼 일까지는 아니지만 대견하고 대단하다는 걸 안다. 그리하여 나는 달리 쓴다. "살아남아서 능소화가 피었다"고 쓴다. "별이 돋듯이 꽃잎 돋는 소리를 듣는다"고 쓴다. "바람이 흔들 때마다 맺힌 목숨이 쏟아진다"고 쓴다.

능소화가 아니라 "아, 능소화!"라고 읊조린다. 찰나의 감탄이 아니라 육중한 감동의 서사에 들이받쳤을 때에야 비로소 '아!'라는 외마디 탄성을 내뱉을 수 있다는 것을, 나는 여름이 오고 나서야 안다. ●

찰나의 감탄이 아니라

육중한 감동의 서사에 들이받쳤을 때에야

비로소 '아!'라는

외마디 탄성을 내뱉을 수 있다.

창가의 발렌시아나, 호아킨 소로야

당신의 앞날이고 가을이니

누가 가르쳐준 적 없다. 꽃이 꽃을 피우는 일에 대해서, 꽃이 꽃으로 사는 일에 대해서. 꽃들이 스스로 알아서 색을 고르고 스스로 알아서 무늬를 골랐을 것이다. 나는 사람으로 사는 게 뭔지 몰라 아직도 방황하는 중이고 아직도 영혼의 빛깔을 고르는 중이다.

감나무 아래 과꽃 씨를 뿌렸다. 과꽃을 보면 과하게 욕심내는 일을 경계하게 된다. 분꽃이 다홍으로 피었는데 분에 넘치는 마음을 다잡는다. 백일홍을 보면서 한번 먹은 마음, 백일은 가보자고 각오를 다진다. 해당화를 보면서 해당 없는 일에 끼어들어 무람한 짓을 하지 말자고 다짐한다. 다행히 바늘꽃이 나를 찌르지는 않는다. 아직은 사람에 가깝게 사는 모양이다.

손님이 온다기에 객쩍은 낭만을 부려보았다. 해바라기와 라임라이트 수국을 꺾어 작은 화병에, 오이풀 열매와 과꽃과 백합과 백일홍을 큰 화병에 꽂았다. 어울려서 보기 좋았다. 처음 방문하는 손님 중에 뭣 모르고 꽃을 사 들고 오는 분이 더러 있다. 내가 꽃을 좋아하는 걸 알아서 그랬을 것이다. 화병에 꽂힌 수북한 꽃을 보고는 슬그머니 꽃다발을 내려놓는다. 그도 나도 흐드러지게 웃는다.

그이가 돌아갈 때, 다음에 올 때는 그냥 오시라고 당부한다. 당신이 별이고 햇살이고 초록이고 가을이니 일없이 오시라고 당부한다. 당신이 있으면 다 있는 것이라고 넌지시 말해준다. 그러면 그이는 메밀꽃처럼 소곤소곤한 웃음을 터트린다. 높다랗게 키를 올린 해바라기가 손님 차가 안 보일 때까지 노랗게 손을 흔들며 서 있다. ●

당신이 별이고 햇살이고 초록이고 가을이니

일없이 오시라고 당부한다.

당신이 있으면 다 있는 것이라고 넌지시 말해준다.

늦여름 정원의 정원사, 제노 케메니피

꽃이 졌으므로

나는 타이밍을 자주 놓친다. 마음이 분산돼 집중하지 못해서 그렇다. 꽃은 순식간이다. 기다리고 준비한 시간에 비해 꽃의 영광은 너무도 짧다. 그래서 찬란한 슬픔이겠지만. 피었으면 곧 지게 마련이고, 꽃은 필 때보다 질 때가 중요하다.

이기는 날이 많은 사람도 더러 지는 날이 있다. 이기는 날엔 아무것도 하지 않아도 된다. 몸도 마음도 이긴 대로 기분에 맡겨두면 되니까. 지는 날이 문제다. 지는 날은 받아들이기 어렵고 실의에 빠져 자책한다. 처음도 아닌데 도무지 지는 일에는 익숙해지지 않는다. 마냥 주저앉아 있는 이가 있고, 자신을 다독이며 준비하는 이가 있다. 인생의 내용은 졌을 때,

지고 난 뒤에 어떻게 하느냐에 따라 색채가 달라진다.

수국이 질 무렵, 꽃대를 자르면서 내년 여름에 더 풍성해질 꽃밭을 상상한다. 북방 쪽은 여름 끝무렵에 꽃대를 잘라주지 않으면 서리 내리기 전까지 내년에 피울 꽃눈을 형성하지 못한다. 방심하고 있다가 너무 늦게 잘라줘서 다음 해에 아예 꽃을 보지 못한 일이 있었다. 이것은 사람에게 보내는 시간의 경고였다. 졌을 때 진 마음을 잘라내지 않으면 다음에 이길 수 없다는 뜻이겠다. 졌을 때 주저앉아 아무것도 하지 않으면 계속 진 상태로 살아야 한다.

장미 묘목을 심으면서 정원사가 내게 당부했었다.
"장미꽃을 오래 보는 방법은 간단해요. 꽃이 피면 먼저 핀 순서대로 아까워하지 말고 바로바로 자르세요. 꽃잎이 시들어 떨어져 내릴 때까지 기다리지 말고 과감하게 자르세요. 그럼 더 풍성해질 거예요."
완전히 지기 전에 자르라는 정원사의 말을 나는 이렇게 해석한다. 질 때 마음이 먼저 진다. 늦기 전에 지려는 마음을 먼저 잘라라! ●

인생의 내용은 졌을 때,

지고 난 뒤에 어떻게 하느냐에 따라

색채가 달라진다.

작은 정원사. 프레데리크 바지유

아침에는 늦가을에 가지
치기해 둔 꽃나무를 태웠다. 능소화, 불두화, 목수국, 좀작살
나무 등속이다. 죽어서도 다시 염염한 불꽃으로 피어나는 꽃
나무를 보면서 그 사람을 떠올린다. 내게 와서 꽃 한 번 피워
보지 못하고 져버린 사람. 내가 한 사랑도 그랬겠지. 누군가
에게 가서 기억조차 남기지 못하고 스러져갔겠지. 혼자만의
연모와 소망과 절망으로 죽어간 무수한 미생의 사랑들.

기실 사람도 매일 죽고 매일 다시 살아나 꽃을 피운다. 아침
에 깨어나면 어제의 공기는 흩어지고 없다. 그러니 내게 와
서 꽃 피우지 못했다고 안타까워할 일도 미안해할 일도 아니
다. 그 사람에게 나는 단지 하나의 계절에 지나지 않을 것이

다. 내가 살아가듯이 그 사람도 오늘의 공기를 마시고 살아갈 것이다. 삶은 그렇게 자신이 차지한 시간의 울타리 안에서 피고 지고 할 것이다.

불꽃에서 꽃의 그림자가 어룽댄다. 피우지 못한 꽃이 타는 게 아니라 꽃을 피운 나무로 살았으므로 기꺼이 분신한다. 당면한 오늘을 사랑하고 산화하는 저 꽃의 생애들. ●

내가 한 사랑도 그랬겠지.

누군가에게 가서 기억조차 남기지 못하고

스러져갔겠지.

벽난로 앞에서 생각에 잠기다, 마르셀 리더

북쪽의 고양이

십이월의 해가 봄볕 같아서 바깥에 나와 흑산이랑 책을 읽는다. 겨울 해는 고양이 꼬리만큼 짧아서 붙들어도 금방 빠져나간다. 아껴가며 햇볕을 쬔다. 뜨끈한 국물을 마시듯이 글자들을 후루룩 삼킨다.

전경린의 소설,《최소한의 사랑》에 이런 대목이 나온다. 목련의 꽃봉오리는 북쪽을 향해 맺히고 목련꽃도 북쪽을 향해서 피는데 사람들은 그 이유를 모르겠다며 이상한 일이라고들 한다. 소설가는 세상에 이상한 일이란 없다고 생각한다. 우리가 모르는 일이 있을 뿐이라고. 김신지 작가의 에세이《시간이 있었으면 좋겠다》를 읽다가 문득 저 얘기가 떠올랐다. 시간이 없으면 목련꽃이 어느 쪽으로 피든 관심을 두지 않는다.

림태주 에세이

시간이 있는 사람들이나 그런 걸 눈치채고 이유를 궁금해한다. 몰라도 상관없고, 모르고 넘어가도 아무렇지 않게 살아진다. 내 경험상 그렇게 모르는 날들이 쌓여가면 나중에 아주 크게 우는 날이 온다. 그때는 울어도 소용없다.

김신지 작가는 어느 날 자신의 '생산성'에 의문을 품게 된다. "바쁘니까 나중에 전화할게"라고 끊어버린 무수한 단절의 시간으로 쌓아올린 생산성에 매몰된 자신을 발견한다. "비가 많이 왔는데 거긴 괜찮으냐?"는 엄마의 전화를 붙잡고 실없는 수다를 떨다가 지금 고향집엔 어떤 나무에 열매가 맺혔는지 어떤 꽃이 피었는지 그런 소식을 전해 듣는 일이 '생산성' 속에는 없다는 걸 깨닫는다.

김신지 작가는 늦지 않게 알아챈다. 내가 쓴 시간이 결국 나의 삶이라는 것, 주말만이 아니라 평일도 내 인생이라는 것. 그녀는 때려치고 전업을 택한다. 모두가 그녀처럼 과감히 결단할 수는 없지만, 적어도 그녀처럼 근무지의 평일을 실적의 생산성에만 올인하는 일에 대해 의문을 품을 수 있어야 하지 않을까.

목련꽃이 북쪽을 향해 피는 이유는 단순하다. 우리가 여름에 해변에서 선글라스를 쓰고, 선크림을 바르는 이유와 같다. 파라솔을 드리우지 못하는 목련의 궁여지책이다. 직사광선을 외면해야 하루라도 시듦을 피하고 꽃의 시간을 연장할 수 있다. 목련나무의 생산적인 발상인 것. 나는 흑산에게 너의 생산성은 무엇이냐고 눈을 맞추고 물었다. 왜 요즘엔 쥐 한 마리 물어다 주지 않느냐고. 흑산이 대답했다. 나의 생산성은 나라는 존재 자체! •

내가 쓴 시간이 결국 나의 삶이라는 것,
주말만이 아니라
평일도 내 인생이라는 것.

목련, 제임스 제부사 샤넌

누구시오 당신요

이것은 심심해서 해보는
흰소리다. 논리성이나 근거가 없으니 따지고 덤빌 논쟁거리
는 못 된다. 만약 주민등록증이나 여권 대신 개개인의 신원을
색으로 표시해야 한다면 당신은 무슨 색을 선택하겠는가? 나
는 흰색 계열이다. 순백은 피하고 싶다. 순백은 지나치게 정
갈하고 질리도록 선량하다. 단정한 행실과 고결한 성품은 아
무쪼록 나와는 거리가 멀다.

생각해 보면 순백이란 말은 모순적이다. 흰빛은 다른 빛들이
섞여서 만들어진 빛이다. 처음부터 흰빛이란 게 있어서 흰빛
의 혈통으로 태어났으면 좋았으련만. 순백이 혼색에서 왔으
니 순혈이란 애당초 없거나, 순혈의 후손은 전멸했거나, 혼혈

림태주 에세이

이 너무도 당연해서 '순수한 혼혈'을 줄여서 순혈이란 개념
으로 사용하지 않았을까 생각되는 것이다. 자연은 '순수'를
혐오한다는 말도 있다.

나는 '두부색' 정도가 좋겠다. 두부색은 표준 색채에는 없는
색이다. 흰색도 아니고 회색도 아닌 색을 말할 때, 무르면서
아주 무르지는 않는 질감이 느껴지는 회백색을 말할 때, 너무
탁하지 않은 정도의 희끄무레한 색을 말할 때, 두부색만큼 안
성맞춤인 색이 없다.

맞선 같은 거 보러 갔을 때 속일 이유도 없고 속을 일도 없
다. 두부색 주민증을 보여 주면 된다. 저는 무난한 두부색입
니다만. 오, 당신은 향긋한 살구색이군요. 인사청문회 같은
거 나갔을 때 샅샅이 행적을 추적당할 이유도, 비난받을 일도
없다.
"그래서 내가 두부색이라고 했잖아요. 고결하지도 고상하지
도 않다고 했잖아요. 적당히 탁하고 적당히 때 묻었다고 했잖
아요. 그렇게 순백을 원하시면 희고 눈부신 무결점 후보자를
찾으셨어야지, 왜 두부를 지명해 놓고는 이 야단이세요? 나
는 두부로 살겠습니다. 사퇴합니다." ●

'순수한 혼혈'을 줄여서

순혈이란 개념으로 사용하지 않았을까.

자연은 '순수'를 혐오한다.

지베르니의 서리, 클로드 모네

색의 구조

색각色覺과 색감色感은 비
슷해 보여도 다른 개념이다. 색각은 색시각을 말하는데 빛의
파장에서 색채를 식별하는 시각적 감각을 말한다. 척추동물
은 대개 적색, 등색, 황색, 녹색, 청색, 자색 따위를 인식하고,
인간은 약 160가지의 색을 구별할 수 있다고 한다. 색각이 기
능적이고 본능적인 능력이라면, 색감은 인간이 느끼는 색에
대한 감정을 말한다.

감각을 표현할 때 인간은 어쩔 수 없이 자신이 가진 감정의
언어로밖에 말할 수 없다. 따라서 색의 감각이란 색에 대해
각자가 가진 감정의 언어만큼 느끼는 수준을 말한다. 느낌의
체험, 느낌의 기억, 느낌의 수단이 내 몸에 없다면 어떤 감각

도 나의 언어로 생생하게 표현할 수가 없다. 그것은 문자로 와서 상투적인 문장으로 다시 전해질 뿐이다. 그것은 학습된 감각이지 내가 체험한 느낌이 아니다.

개념 안에는 개념이 가진 의미뿐만 아니라 의도가 담겨있는데 그것이 글자를 배울 때 같이 들어온다. 문자가 품고 있는 의도를 파악하고 해석할 능력이 없는 사람에게 문자가 들어오면 문자 그대로 흡수하게 된다. 이것은 삶의 경험이 채 있기도 전에 체제의 이념과 지식을 투입해 가치관을 육성하는 네모난 교실의 시스템을 연상하게 한다.

권위적인 지식, 고도화된 개념들은 사람을 주눅 들게 만든다. 뜻을 이해하는 데 급급해, 그 개념에 해당하는 실질이 무엇이고, 그 개념의 실체가 있느냐 없느냐를 따지지 못한다. 사람의 생각이 사람이 만든 말에 끌려다닌다. 허허로운 말의 권능에 기대어 말의 계략대로 살아간다.

이것은 색에 대한 체험과 감각이 생성되지 못한 상태에서 색을 문자로 배우게 된 것과 같다. 항상 실체보다 지식이, 인식보다 개념이 먼저 쳐들어온다. 인간은 색에 스며든 감정을 이용해 색에 상징을 입혀 색색의 깃발을 세운다. 파벌을 지어 하나의 신념, 하나의 감정으로 묶는다. 이 일사불란은 개인과 윤리와 제도 위에 선다. 하나의 색, 하나의 사상, 하나의 신에 복속될 때 지옥이 열린다.

색의 감각은 말의 감각이다. 색의 감각, 그 다양한 감정과 사유가 인간인 것과 인간 아닌 것을 구분한다. 말이 평범성의 가면을 쓰고 있듯이 색도 보편성 뒤에 악마성을 감추고 있다. 사유하며 감각하지 않으면 인식은 사각지대에 놓이고 시선은 착시에 빠지기 쉽다. 나의 감각이 어디서 왔는지 근거를 묻고 이유를 추궁해야 한다. 관성적이고 습관적일수록 감각마저도 나의 고유한 감각이 아닐 수 있다. 다루지 않으면 길들게 된다. ●

나의 감각이 어디서 왔는지

근거를 묻고 이유를 추궁해야 한다.

다루지 않으면 길들게 된다.

세계, 막시밀리안 렌츠

등자橙子라는 이름을 가
진 나무가 있다. 귤, 오렌지, 탱자와 같은 운향과의 상록활엽
수다. 등자나무 열매의 색을 등색이라고 한다. 색채용어사전
에는 "황색과 적색의 혼합색으로 주색朱色에 약간의 누런빛
이 섞여 있다. 울금색鬱金色이라고도 한다"라고 설명돼 있다.
등색은 영어로는 호박색amber으로 표기되는데 따뜻한 느낌을
주는 난색暖色 계열이다.

나는 등색을 색상표에서 찾아보곤 곧바로 저녁노을을 떠올
렸다. 노을에는 난색의 은은한 온기가 배어 있다. 등색은 한
낮의 낯뜨거운 정사가 아니라 이제 막 손을 잡는 데까지 나
아간 수줍음과 떨림이 있는 연애다. 또 나는 등색이란 말에

144

서 사람의 등을 떠올린다. 등의 피부가 신체 다른 부위와 색이 다르진 않겠지만 내 의식 속에서는 등의 색이 유달리 다르게 인식된다. 여타 신체 부위보다 더 투박하고 더 거칠게 느껴진다. 복부나 둔부가 햇빛을 피해 희멀겋다면 등은 해와 달이 번갈아 뜨는 붉은 사막이고 벌목으로 맨살을 드러낸 민둥산이라고 해야 맞다. 이것은 분투하는 인간의 등에 대한 연민이고 예의다.

사전을 더 찾아보면 이북 쪽에서는 등대에서 나오는 불빛을 등색燈色으로 쓴다고 나와 있다. 나는 인간의 등이 곧 등대일 수도 있겠구나 하는 비약에 이른다. 곧추선 척추뼈 끝에 전깃불이 켜진 것 같은 전율이 인다. 그것이 낙타의 등이든 노파의 등이든, 짐을 지고 떠받치고 지탱하고 지켰으므로 등대와 다를 바 없다.

이윽고 밀물 드는 저녁이 와서 사양이 모든 서 있는 것들을 비스듬히 적실 때 척추동물들은 비로소 고단한 등을 누일 수 있다. 등은 점점 굽어지다가 어느 날 뼈와 뼈 사이가 이격되고 뼈가 뼈를 받치지 못해 탈구될 것이다. 그렇게 뾰족하게 솟구치거나 움푹 꺼져가는 척추동물의 등을, 같이 이울어 가자는 듯이 울금색 노을이 가만가만 쓰다듬을 것이다. 태양이

사라지지 않는 한 등색은 그렇게 사람의 시리고 쓰라린 등을
토닥일 것이다. ●

움푹 꺼져가는 척추동물의 등을,
같이 이울어 가자는 듯이 울금색 노을이
가만가만 쓰다듬을 것이다.

저녁노을, 하랄드 솔베르그

편지를 쓰다

MZ세대에게 K팝이 있다면 장년세대에게는 트로트가 있다. 전성기라고 해도 될 만큼 트로트 열풍이 거세다. 〈응답하라〉 시리즈부터 부여농고 찌질이 병태 이야기를 다룬 〈소년시대〉까지 레트로 드라마가 여전히 인기를 끌고 있다. 복고풍 패션과 뉴트로 문화가 젊은 세대 사이에 유행하는데 왜 레트로 감성의 전통적인 사랑법이 복고되지 않는지 의문이다. 내 생각에 제대로 알려주는 전문가가 없어서 그런 게 아닌가 싶다. 준전문가인 내가 무료로 알려 주려고 한다.

문구점에 가서 편지지를 넉넉히 사 온다. 만년필과 잉크를 준비한다. 연습 삼아 편지를 써본다. 어려워도 포기하지 않는

148

2부

다. 각 잡고 다시 쓴다. 머리를 쥐어뜯는다. 챗GPT에게 샘플을 보여 달라고 요청한다. 진짜 쓴다. 찢는다. 구긴다. 밤을 새워 쓴다. 수북한 파지 속에서 딱 한 장을 건진다. 퀭한 눈으로 아침을 맞는다. 오른손이 쓴 편지를 왼손이 모르게 봉투에 넣어 풀칠한다. 그래야 그거나마 온전히 살아남는다. 우체국 문이 열리면 곧장 가서 부친다.

지금의 사랑에는 마음을 담아서 숙성하는 봉투나 하얗게 불사른 철야가 없다. 그리움을 길게 늘여서 연애하는 사랑법은 구닥다리라서 그런지 명맥이 끊어질 위기에 처했다. 다행히 꽃다발을 바치는 풍습은 전승되고 있다. 꽃다발도 그리움의 속도, 혹은 사랑의 발효와 관련이 있다. 꽃집에 가서 꽃을 고르고, 예쁘게 포장해달라고 말하고, 쑥스러움을 무릅쓰고 꽃을 들고 걸어간 시간이며 몸짓이 꽃다발에 담겨 있다. 그래서 꽃다발은 설렘과 기다림과 사랑의 표정이 묶여서 직배되는 한 다발의 연애편지다.

더 복고적인 사랑법에는 꽃잎이나 단풍잎을 곱게 말려서 선물하는 방식도 있었다. 책갈피 같은데 끼워서 말린 압화를 부스러지지 않게 코팅해서 편지봉투에 넣거나 감성적인 연애 시집을 골라 책갈피에 꽂아 넣어 보내는 방법도 유행했다. 그건 나름 치밀한 사랑의 계획과 진정성을 보여 주는 방식이었다. 편지에는 성의를 다하는 마음과 조심히 다루는 마음과 기쁨을 상상하는 마음이 봉해져 있었다.

신카이 마코토 감독의 애니메이션 영화 〈초속 5센티미터〉는 이루지 못한 운명적 첫사랑을 가슴에 품고 사는 남자의 애잔한 이야기를 담고 있다. 벚꽃이 지는 속도를 초속 5cm로 표현했는데 시속으로 환산하면 0.18km이다. 그리움의 속도다. 이 벚꽃 지는 속도로 내 입술이 너의 뺨에 가서 닿는다. 이것은 별 하나가 별 하나와 충돌한 것과 같은 우주적 사건이다. 편지의 활자들이 꽃잎처럼 하늘거리고 엷은 분홍이 가슴에 번지고 심박수가 빨라지고 적혈구들이 현란한 힙합 리듬을 탄다. ●

편지에는 성의를 다하는 마음과

조심히 다루는 마음과

기쁨을 상상하는 마음이 봉해져 있었다.

러브레터, 루이지 크로시오

색채는 질서를 부여한
다. 사물을 색깔로 구분해 인식하는 순간 질서가 생겨난다.
다시 만나고 싶은 인상적인 사람을 만났을 때 나는 그를 어떤
꽃이나 어떤 색으로 대입해 기억해 두는 버릇이 있다. 그 사
람을 잘 기억해 두기 위한 나만의 생각법이다. 다음에 그를
만나면 이름은 잘 기억나지 않아도 내가 연상했던 꽃이나 색
깔이 떠오르곤 한다.

저 사람은 빨간색에 가까운 사람이라고 저장해 둔다. 이때
'가깝다'는 표현이 중요하다. 빨간색이다, 하고 확정하는 게
아니라 그런 듯하다, 그럴 것 같다는 느낌으로 저장한다. 이
감각적인 첫인상의 촉은 생존을 위한 DNA의 오래된 작용일

것이라고 생각한다. 낯선 환경이나 정체 모를 상대와 맞닥뜨렸을 때, 적인지 친구인지 해로운지 이로운지 빠르게 판단하고 즉각 대응할 수 있어야 생존에 유리했을 테니까.

내가 경계하는 사람은 검은색 계통으로 감지되는 사람이다. 피부가 검다거나 검은 옷을 즐겨 입는 사람을 뜻하는 게 아니다. 검은색에 가까운 사람은 '속'을 알 수 없는 사람이다. 감추는 게 많은 사람, 겹겹으로 포장해 연기하는 것처럼 보이는 사람. 그런데 속을 환히 드러내 보이는 사람도 미심쩍긴 마찬가지다. 불쑥 자기 속부터 드러내 보이는 사람도 다른 속셈이 걱정되는 검정이다.

검은색의 인간은 읽히지 않으면서, 다른 사람을 탁하게 만들기도 한다. 흰색을 회색으로 만든다든지, 빨강을 고동색으로 만들어 버린다. 물론 조색을 통해 다른 색으로 변신하길 원하는 사람도 있겠지만, 대부분 타인에 의해 내 원색이 바뀌길 원하진 않는다.

나는 초록에 가까운 사람이 좋다. 이들은 거의 바탕색으로 쓰인다. 빨강이나 하양이나 분홍을 포인트로 돋보이게 하는 역할을 한다. 저들은 튀려고 하거나 함부로 나서지 않는다. 초록끼리는 쉽게 친해지고 이질감 없이 섞인다. 그래서 녹색이든 풀색이든 다 같은 초록이라는 뜻으로 '초록은 동색'이라는 말도 생겨났을 것이다.

초록 앞에서는 돋보이려고 애쓰지 않아도 되고, 또 힘들게 꾸미지 않아도 된다. 시간이 지나면 저절로 유유상종해진다. 초록에게 가면 왠지 마음이 놓이고 평화로워진다. 나는 직감으로 안다. 당신과 친해지고 싶은 거 보니 당신이 초록에 가까운 사람이라는 걸. ●

초록 앞에서는 돋보이려고 애쓰지 않아도 되고,

힘들게 꾸미지 않아도 된다.

시간이 지나면 저절로 유유상종해진다.

사계절 : 봄, 크리스토퍼 R. W. 네빈슨

동백 군락지 그늘에 들어섰다. 나는 불쑥 말했다.

"동백꽃은 자객 같아."

쪼그려 앉아 꽃송이를 줍던 그녀가 내게 물었다.

"자객 같다는 게 무슨 말이야?"

"영화에서 자객들은 대부분 죽잖아. 주인공이 죽으면 안 되니까 항상 자객이 쓰러지지."

"근데 왜 동백이 자객이야?"

"죽을 걸 알면서도 기어이 피어서 툭 목이 잘리는 용맹한 붉음이잖아, 동백은."

"그러면 당신이 나의 동백이 되어줘. 내가 하명하면 언제든 각오는 돼 있겠지?"

"물론이지. 난 언제든 당신을 위해 죽을 수 있어."

인류학자 헬렌 피셔는 이성에게 끌리는 이유 중에 하나로 러브 맵Love Map이란 개념을 들었다. 러브 맵이란 어린시절부터 무의식중에 쌓아온 취향과 성격에 관한 방대한 리스트다. 뇌에 새겨진 이상형 지도라고 할 수 있다. 자기만의 기준이 내재해 있다가 사랑을 할 때 대상에 적용된다. 내가 저런 스타일, 저런 포인트에 끌리는구나 하고 새롭게 나를 알게 된다.

반대로 이전에 몰랐던 내 모습을 발견하고 놀라는 경우도 있다. 생각보다 내가 자애로울 때, 생각보다 내가 상대방의 마음을 훤히 읽어내고 있을 때. 이게 원래 나의 실력인 건가, 아니면 사랑이 내게 부여한 권능인 건가 헷갈린다.

사랑은 복잡한 것도 어려운 것도 지루한 것도 싫어한다. 최대한 단순해지려고 한다. 생명의 한계성을 극복하려고 직진한다. 그래서 본능적으로 러브 맵을 가동하고 언어 이전의 직관을 사용한다. 믿을만한, 따뜻한, 공정한 같은 가치를 사랑은 본능적으로 기대한다. 이것은 보살핌과 아낌을 갈구하는 동물적 본성에 가깝다.

사랑하는 사람을 위해서 죽을 수도 있다고 단순하게 생각했던 시절이 있었다. 물론 죽는 일은 없었다. 사랑하지 못해 죽는 경우는 있어도, 사랑은 살리는 일이라서 죽이는 사랑은 없다. 사랑은 전혀 단순하지 않지만, 그 복잡미묘함을 단순하게 묘사해서 아름다운 것이다.

사랑하지 못해 죽는 경우는 있어도,

사랑은 살리는 일이라서

죽이는 사랑은 없다.

놀란 연인. 샤를-멜키오르 데스코르티스

자엽안개나무 한 그루를 심었다. 잎도 꽃도 자색이다. 꽃이 피는 게 아니라 꽃송이가 부풀어 오른다고 해야 맞다. 꽃송이가 연기처럼 뭉게뭉게 피어오르면 몽환적이라고밖에 달리 표현할 말이 없다. 이 세상 꽃이 아닌 것 같다. 안개나무꽃이 지면 이제 여름이 깊어진다는 뜻이다. 나무 아래 그늘도 자줏빛으로 깊어진다. 납치됐다가 풀려나 스톡홀름증후군을 앓는 것처럼 자엽안개나무 그늘에서 나오면 한동안 몸이 자줏빛의 감금에서 헤어나질 못한다.

살아가면서 조심해야 할 유혹들이 있다. 나는 그중 꽃의 유혹이 가장 치명적이라고 생각한다. 지상에서 증발된 사람들을 두고 한때 미확인비행물체의 소행이라고 덮어씌운 적이 있다. 나는 그게 꽃들의 소행이라고 의심한다. 맡아보라, 꽃나무 그늘에서 나온 사람에게서 설명할 수 없는 체취나 향기가 맡아진다면 그는 틀림없이 꽃의 외계에 붙들려갔다가 새로운 임무를 받고 풀려난 스파이일지도 모른다.

세간에는 외계에서 고양이를 지구에 풀어놓았다는 소문이 떠돈다. 고양이 앞에서 무장 해제되지 않는 인간은 거의 없다. 같은 맥락으로 지구는 외계에서 퍼트린 꽃들에게 이미 오래전에 함락된 것이 아닐까 하고 나는 의심한다. 그렇지 않고서야 인간이 저토록 꽃을 보살피고, 육종하는 일에 진심일 수가 없다. 인간은 꽃에게 세뇌됐거나 식물의 지능적인 조종을 받는 것이 틀림없다.

어떤 꽃들은 B-612 소행성의 어린 군주에게 무전을 쳐서 보고하겠지. 인간은 오늘도 꽃밭을 만들고 꽃씨를 채종하고 번식에 열을 올리고 있다고. 화훼단지를 만들고 꽃 박람회를 열어 도시 곳곳에 꽃을 보급하는 일에 박차를 가하고 있다고. 오늘 지구 행성의 날씨는 꽃들이 번성하기에 알맞은 흰색이고 햇살은 진달래색이고 공기는 연두색이라고. 언젠가 소행성의 어린 군주가 지구를 시찰하러 온다면 까무러치겠지. 어떻게 벌레 하나 먹지 않은 싱싱한 장미꽃들이 놀이공원을 가득 채우고도 남는지.

나는 이제 지구의 꽃들을 그만 사랑하고 싶다. 나는 내가 떠나온 별로 돌아가고 싶다. 너무 많은 꽃이 아니라 내가 길들인 한 송이의 장미를 보살피러 돌아가고 싶다. 여우가 일러준 대로 가장 중요한 것은 눈에 보이지 않는 법이니까. ●

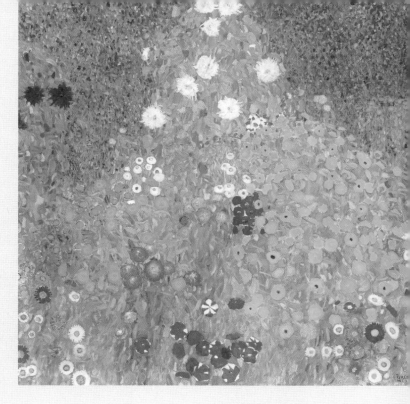

자엽안개나무 그늘에서 나오면

한동안 몸이

자줏빛의 감금에서 헤어나질 못한다.

코티지 가든, 구스타프 클림트

사랑의 색은 잘 번진다.

새봄에 피는 꽃들은 분홍이 대세다. 사랑이 시작될 때 십중팔
구 그 마음에 사용되는 물감은 분홍이다. 이 분홍의 꽃들은
새잎이 나오기 전에 먼저 마음을 홀린다.

빨강으로 짙게 피려면 잎이 나오기를 기다려야 한다. 햇볕을
더 모아야 빨강을 얻을 수 있다. 내가 관찰한 바로는 잎이 먼
저 피어서 광합성을 충분히 한 다음 빛을 응축해서 본색을 드
러낸다. 동백이 그렇고 영산홍이 그렇고 모란이 그렇고 배롱
나무가 그렇다.

붉음은 사랑의 농밀하고 치명적인 속성을 그대로 반영한다.

164

레드는 정점이고 열정적인 사랑을 의미하지만 그만큼 위험하고, 곧 결별이 닥쳐도 멈출 수 없는 극한 정황을 상정한다. 그래서 여름꽃들은 붉은색을 선호한다.

초원으로 간 사람에게 여름은 초록색이고, 바다로 간 사람에게 여름은 파랑이겠지만, 나에게 여름은 영락없이 빨강이다. 증명할 수 있다. 내 마음을 자르면 수박의 단면처럼 붉은 즙이 흘러서 너에게 스며들 것이다. ●

내 마음을 자르면

수박의 단면처럼 붉은 즙이 흘러서 너에게 스며들 것이다.

시골에서, 루도빅 알로메

수국에게 스미를 걸다

수국은 음전하다. 반그늘을 좋아하는 성정이다. 여름에 그늘진 자리가 있으면 모여서 뭉게뭉게 수다를 떤다. 다채로운 수다의 빛깔들. 나도 수국의 수다에 끼어들고 싶다. 이파리가 두텁고 넓어서 잎 뒤에 숨어 귀동냥하기 좋다. 수박 한 덩이 사 들고 가서 끼어 앉으면 받아주려나 모르겠다. 여름 한낮은 소금 한 소쿠리가 필요할 정도로 심심하다.

오전과 오후 두 차례 우편함을 열어 본다. 우편배달부는 다녀가지 않았고 구름 두어 점만 우편함에 들어 있다. 나는 이런 날 수국끼리 수다 떠는 것도 질투 나고 얄미워서 팔꿈치로 툭툭 꽃 더미를 치고 다닌다. 웬 심술인가 하고 꽃봉오리들이

고개를 가로젓는다. 동물은 고요한데 식물은 왜 이리 소란스러우냐고 나는 투덜댄다. 수국꽃 같은 화려한 것들이 사람을 더 외롭게 만든다.

구름은 무심하고 수국은 방심하고 나는 심심하고 사랑은 유심하고. 여름은 마음 주기가 쉽지 않다. ●

수국꽃 같은 화려한 것들이

사람을 더 외롭게 만든다.

수국, 필립 윌슨 스티어

청소시모

스페인 화가 파블로 피카소가 온통 청색으로만 그림을 그리던 시기가 있었다. 1901년부터 1904년까지를 피카소의 청색시대라고 일컫는다. 이 시기에 피카소는 주로 검푸른 색이나 짙은 청록색의 색조를 띤 그림을 그렸다. 청색시대의 그림들은 하나 같이 침울하고 절망적이고 얼음처럼 차갑다.

피카소처럼 누구든 청색시대가 있게 마련이다. 청색시대를 건너는 방법도 각자 다르다. 날카롭고 어두컴컴한 시기라서 스치면 베일 듯 푸르게 날이 서 있다. 나는 물리치려고 했고 강해지려고 무장했다. 그때 나는 슬프디슬픈 레퀴엠(진혼곡)을 들으며 위로받았다. 이열치열 효과처럼 슬픔이 슬픔을 몰아낸 것일까. 슬픔의 외곽에 다크한 청색 페인트가 칠해진 듯한 두꺼운 위안이 나를 감쌌다. 감정을 물리치기에 급급했던 나 자신을 반성했다. 슬픔을 다룰 줄 몰랐던 것이다. 미술시간이 색채를 다루는 시간이라면, 감정을 다루는 시간이 인생이라는 걸 알게 됐다.

어떤 슬픔은 생물학적이다. 둥그렇게 몸을 만다. 말아서, 무릎 사이로 밀어 넣는다. 얼굴을 드러내지 않으려고, 바짝 엎드린다. 엎드려서 뾰족하게 튀어나오는 피침을 구부린다. 구부려서 바위나 나무 둥치에 박아 자란다. 이윽고 바소꼴의 잎들이 푸르고 무성해진다.

어떤 슬픔은 회화적이다. 붉은 잎 뒤편에 숨어서 검붉은 물감을 칠하고 은폐한다. 가을 햇볕 외에는 잎과 슬픔을 구분하지 못한다. 붉음이 잎자루를 떨굴 때 은신한 슬픔도 고꾸라진다. 특히 십일월의 단풍나무 아래에는 슬픔이 낭자하다.

어떤 슬픔은 화학적이다. 몸 안에 그득한 슬픔의 액체를 동결해 고체로 바꾼다. 슬픔을 정렬해 얼음 가시로 매단다. 겨울의 피부를 뚫고 나온 고드름. 지붕에 매달린 슬픔이 햇볕의 심문을 견디지 못해 툭툭 자복하는 소리들.

림태주 에세이

어떤 슬픔은 기후적이다. 말갈족 같은 눈보라로 휘몰아친다. 불어와서 다 덮어버린다. 몰살하려는 듯이 지우고 쓸어낸다. 자욱한 흰 피. 봄이 와서 밀어낼 때까지 완강한 슬픔을 아무도 물리치지 못한다.

내게 온 슬픔은 녹색이었고 적색이었고 백색이었고 피였다. 피카소가 자신의 비애를 청색으로 극복했듯이 나는 나의 슬픔을 다채롭게 채색하면서 감정의 흐름을 관찰하고 객관화했다. 누구나 청색시대가 있고, 그 강을 건너고 나면 자신만의 그림이든 시든 인생 같은 게 남는다. 그렇게 청색시대의 습작들은 청춘의 통증을 대신 앓아 주기도 한다. ●

미술시간이 색채를 다루는 시간이라면,

감정을 다루는 시간이

인생이라는 걸 알게 됐다.

아침에 일어나면 잠깐
정원을 걷습니다. 텃밭으로 가는데도 일부러 정원을 들러서
갑니다. 꽃이 졌다고 무심하면 나무인들 기분이 좋을까 싶어
서 안부를 묻거나 고양이들이 몸을 문지르듯이 가지를 슬쩍
건드려 봅니다. 모든 관계에는 의리가 있어야 한다고 생각합
니다. 햇빛과 나무 사이에도 있는 그것이 사람과 다른 것들
사이에도 있어야 한다고 생각합니다.

텃밭에 가서 이것저것 따옵니다. 오늘 아침은 과채류로 샐러
드를 만들어 식사를 합니다. 방울토마토, 당근, 오이, 가지,
블루베리, 버터헤드 상추가 모였습니다. 최소한으로 감미해
서 먹습니다. 먹으며 생각합니다. 사람은 색을 먹고 색을 입

습니다. 취향대로 골라서 먹고 입습니다. 달리 표현하면 이렇습니다. 오늘 아침에는 빨강과 주황과 초록과 보라와 검정과 연두색을 먹었습니다. 놀랍게도 색으로 변환해서 말하면 모양과 크기와 출처와 미각이 일시에 사라집니다. 차이는 사라지고 색색의 어울림만 남습니다. 차이를 나누고 따로 값어치를 매겨야 할 특별한 이유가 없다면 단순화시키는 것도 좋겠습니다. 사랑은 단순해야 합니다. 따지고 들수록 숨을 쉴 수가 없습니다. 오늘 아침에 색을 먹다가 색이 마음에까지 번져서 유익한 생각을 해봤습니다.

간혹 색을 정하라는 압박을 받는 일과 마주칩니다. 다른 색을 못 참는 집단이 있거든요. 무색무취한 삶이면 어떻습니까. 색에는 고착된 상징과 의미들이 부여돼 있습니다. 색은 참 피곤하겠다 싶습니다. 색은 자기들끼리는 다 똑같습니다. 빨강과 파랑이, 검정과 하양이 서로 다투고 적대할 이유가 없습니다. 왜 사람들은 자신들의 증오와 탐욕을 색들이 자처한 것처럼 위장하는 걸까요?

아침에 텃밭 채소를 먹으면서 선량한 색들에게 미안한 마음을 먹습니다. 나는 붉어졌다가 푸르러졌다가 노래졌다가 하얘집니다. 나는 모든 색이고 나는 아무 색도 아닙니다. ●

색으로 변환해서 말하면
모양과 크기와 출처와 미각이 일시에 사라집니다.
차이는 사라지고 색색의 어울림만 남습니다.

스튜디오 보트, 클로드 모네

감꽃이 피면 기별해 달라는 이가 있었다. 감꽃은 필 때 병아리가 종종거리듯 피고, 떨어질 때는 줄이 끊어진 진주목걸이처럼 방울방울 낙하한다. 감나무 그늘은 아직 연둣빛이다.

마당 가장자리에 감나무 두 그루가 서 있다. 원래 세 그루였는데 집수리하면서 한 그루를 베어냈다. 아까워 버리질 못하고 캐낸 밑동부리를 두 나무 사이에 옮겨 두었다. 아직 감꽃이 피지 않았지만, 혹여 당신이 올지도 몰라 그루터기에 마가렛과 비덴스를 심어두었다. 희고 노랗게 찰랑거린다. 아마도 나는 감꽃이 피고 감꽃이 지고 감이 매달려도 일부러 소식을 전하지는 않을 것이다. 실망하기 싫어서, 혹은 어련히 오겠지하는 마음의 갈피 때문에.

아이리스가 촉을 올리고 있다. 감나무와 아이리스. 절묘하다.
아이리스의 꽃말이 "좋은 소식 잘 전해주세요"란다. 잊지 말
고 소식을 전하라는 식물의 권유. 마음의 어름이 감꽃 피는
쪽으로 기운다. ●

아이리스가 촉을 올리고 있다.

잊지 말고

소식을 전하라는 식물의 권유.

아이리스 침대, 찰스 코트니 커란

사랑의 진위

　　　　　　　　　　　　아끼는 후배가 연락을
해왔다. 진지하게 상담할 게 있다고. 상담소 문 닫은 지 오래
됐다며 나는 짐짓 튕겼다. 나에게는 대수롭지 않은 남의 연애
지만 후배에겐 일생일대의 사건이라는 걸 설마 내가 모르겠
는가. 상담은 핑계일 것이다. 마음 터놓고 울음을 보여도 좋
을 무난한 타인, 혹은 귀가 달린 벽이 필요했을 것이다.

냉면집에 데리고 가서 냉면을 시켰다. 후배의 얼굴이 안돼 보
였다. 연애는 참 피 마르는 일이다. 후배는 입맛이 없는지 냉
면 몇 젓가락을 호로록거리더니 멈췄다. 그래, 사랑은 모든
걸 멈추게 하지. 온통 일념하게 만들지. 그 어떤 생도 그것에
수렴되고 말지.

오늘 사랑한 것

나는 가만하게 후배의 얘기를 들었다. 듣는데 자꾸만 안예은이 부른 〈상사화〉란 노래가 떠올랐다. 나는 내 앞에 놓인 냉면 그릇을 묵묵히 비웠다.

"상사화 알지? 잎과 꽃이 서로 만나지 못하고 사무치게 그리워한다고 상사화相思花라는 이름이 붙었잖아. 나는 꽃 이름이 잘못됐다고 생각해. 그건 그냥 '사랑화'가 아닐까. 내가 뿌리 내리고 거름이 된 자리에 누군가가 피어서 영화를 누리는 일, 내가 애모한 사람이 나로 인해 찬란한 보람을 얻는 일. 그런 게 사랑 아닐까. 너도 그렇고 나도 그렇고 누군가의 자리에서 누군가를 딛고 피어난 꽃이잖니. 사람은 이기적이어서 자기가 베풀고 자기가 준 것만 기억하잖아. 자꾸 밑지는 것 같고, 서운하고 아까운 것만 생각나고. 헤아려 보면 받은 게 훨씬 많은 데도 그래. 그러니 따지지 마. 손익 계산은 장사에서나 하는 거지 사랑의 수학은 다르잖아. 주고도 다 주지 못해서 미안해하는 게 사랑이잖니."

후배의 눈에서 주르륵 눈물방울이 흘러내렸다.

"울지 마. 누가 보면 내가 너 울린 줄 알겠다. 넌 아직도 그 남자에게 진짜 마음은 안 줬어. 울려거든 그 남자 앞에 가서 미안해하며 울어라. 바라지 말고 재지 말고 줄 게 남아 있을 때 줘. 손해 아니야. 펑펑 퍼줘도 돼. 그래도 남는 게 사랑이야.

림태주 에세이

사랑의 진위는 그때 가서 확인하면 돼. 고마워할 줄 모르면 양아치인 거고, 미안해하면 괜찮은 녀석인 거고."

후배에게 손수건을 건네주며 당부했다.
"가서 그 녀석이랑 코 박고 냉면을 먹어. 환하게 먹어. 그런 날이 네 인생에서 몇 날이나 되겠니. 생각보다 짧더라. 부디 너의 여름날을 아껴라." ●

사랑은 모든 걸 멈추게 하지.

온통 일념하게 만들지.

그 어떤 생도 그것에 수렴되고 말지.

<아내>, 존 에버렛 밀레이

　　　　　　　　　　이것은 심각한 집착이거
나 중독 현상의 일종이다. 공중에 흰 목수국이 피어 흔들렸는
데 눈더미들이 낙하하는 줄 착각했다. 땅바닥에 흰 당귀꽃이
피었는데 눈꽃이 지표면을 뚫고 돋아난 줄 알았다. 팔월에 눈
이 내렸다고 쓸 뻔했다. 그러는 사이 내 상상력이 걷잡을 수
없이 발동하기 시작했다.

눈이 꼭 흰색이어야만 할 이유가 있을까. 요즘은 새로운 품
종을 만들어내는 육종기술이 발달해 어떤 색으로든 개량해
낼 수 있지 않은가. 배롱나무 꽃잎 같은 붉은 눈도 만들어내
고 해바라기 같은 노란 눈도 만들어내고. 여름에 얼음을 만들
어 팔듯이 눈을 만들어 파는 공장이 왜 없겠는가 싶어 수소문

해서 눈을 색색별로 몇 트럭 주문했다. 당신이 오면 오색 찬란한 눈밭을 걷게 하려고, 밟을 때마다 사과꽃 향기가 배합된 눈가루가 풀풀 날리게 하려고. 일생에 하루니까 적금을 깨서라도 사치를 부려보고 싶었다.

몹쓸 당신, 이번 여름에는 가지 못하게 됐다는 전화를 받고 나의 팔월은 빙하처럼 녹아내렸다. 녹아서 망망대해로 흘러갔다. 나는 간신히 마음을 추슬렀다. 주문한 눈부터 수습해야 했다. 눈 도매상에 전화를 걸어 사정을 말하고 애원했다. 전화를 받은 직원의 반응이 싸늘했다. 신중하셨어야죠. 눈은 반품이 안 되는 상품입니다. 그러고는 무슨 기발한 해결책이라도 알려 주는 듯이 덧붙였다. 가을까지 잘 보관했다가 첫눈으로 쓰면 유용할 텐데요. 나는 실소했다. 겨울까지 내 마음속에는 원망 같은 폭설이 내리고 쌓이고 얼고 녹고 질퍽대고 할 것이다. 그리움이 되었다가 미움이 되었다가 정신분열증이 되었다가 전쟁이 되었다가 외로움이 되기도 할 것이다.

내 불운한 상상의 끝은 여기까지다. 그러니까 한여름에 눈이 내리면 안 되고, 빙하는 녹으면 안 되고, 눈을 사고팔 때는 신중해야 하고, 눈을 개량한다고 색을 입히면 안 된다. 그러니까 오겠다고 약속했으면 와야 한다. 팔월에 눈꽃빙수 가게를 연 사람 중에는 아마도 바람맞은 사람이 있을 가능성이 있다. 나처럼 엉뚱한 상상을 하는 사람이 한여름에 있다면 그 처지를 가엾게 여겨 그가 파는 물건을 모조리 사 주면 고맙겠다. ●

그리움이 되었다가 미움이 되었다가

정신분열증이 되었다가

전쟁이 되었다가 외로움이 되기도 할 것이다.

사과꽃을 따는 소녀, 윈슬로 호머

　　　　　　　　　　나는 붉은 작약 꽃밭을
물끄러미 바라보고 있었다. 내 시선이 뭉텅뭉텅 꽃송이를 밟
고 건너갔다. 붉은 것들의 매혹은 뇌쇄적이다. 작약이 시들
면 저 붉은빛들은 어디로 가는가를 생각했다. 저녁 어스름이
되어서야 알았다. 사양이 희읍스름하게 스러질 때 비끼는 빛
이 발그레했다. 그것은 작약의 붉음에서 옮겨간 빛의 환생이
었다.

나는 사랑이 저런 것이라고 생각했다. 두 번 살아서 두 번 죽
는 일. 한 번은 색으로 살고 한 번은 빛으로 산다. 색은 옮겨
가서 물들고 빛은 빛나서 스러진다. 빛의 세기와 작용에 따라
색은 바뀐다. 빛이 사랑의 현상학이라면 색은 사랑의 생물학

이다. 빛이 강해지면 아름답지만, 색은 희미해지고 서럽게 바랜다. 실내에 있다가 대낮에 바깥으로 끌려나온 세간살이처럼 빛은 찬란한데 알록달록 드러난 색의 민낯은 참혹하다. 빛과 색은 간섭하면서 조응한다. 그렇게 사랑은 판타지이면서 현실이다.

사랑은 한 번은 직선으로 살고 한 번은 사선으로 산다. 직선의 세계에는 열화하는 삶이 있고 사선의 세계에는 머무는 삶이 있다. 처음에는 자랑처럼 홀로 서지만, 사랑은 점점 한쪽으로 비스듬하게 기운다. 너무 한낮도 너무 한밤도 아닌 저녁 어스름 사이에서 사랑은 이울고 기운다. 그것을 연민이라고 해도 좋고 쇠락이라고 해도 상관없다. 비스듬한 사랑은 홀로 서지 못해 누군가의 부축으로 걷는다. 이윽고 밤이 무채색으로 칠해지면 나의 색채학 수업은 끝난다. ●

사랑은 한 번은 직선으로 살고

한 번은 사선으로 산다.

직선의 세계에는 열화하는 삶이 있고

사선의 세계에는 머무는 삶이 있다.

작약 소녀, 차일드 하삼

3부 ＿＿＿＿＿

글

어머니는 말수가 적었
다. 당신이 살아온 내력을 조곤조곤 들려주는 시간이 흔치 않
았다. 물어도 침묵하거나 생략했다. 별것 없다고 회피했다.
그래서 나는 어머니를 더 읽어내려고 주의를 기울였다. 어머
니 말씀의 행간에 자주 머물렀고 어머니가 말하지 않은 너머
를 보려고 애썼다. 나중에 내가 소설가보다는 시인이 어울리
게 된 데는 이런 유년의 배경이 무관치 않을 것이다.

어머니는 당신의 삶이 무용하고 불민하다고 여겼던 모양이
다. 자식에게 늘어놓는 신세 한탄의 말들이 자식의 삶에 달라
붙어 부정을 끼칠까 봐 염려하고 조심했으리라. 어머니는 글
을 쓸 줄 몰랐지만 생략해서 말했으므로 잠언 같았다. 나는

어머니의 말을 받아 적으면서 시적인 감각을 체화했다.

글쓰기는 내게 무엇이었던가. 쓰기 전에 내 안에 나는 없었
다. 어머니의 아들로만 신체적으로 살았다. 쓰면서 나의 정신
이 자라났다. 보편과 제도가 진열해 보여 주는 모범 말고 내
가 순수하게 욕망하는 것들이 보였다. 사려가 생겨나서 나를
이해하고 인정하는 시간이 늘었다. 나에 대해서 쓸 것이 많아
졌고, 어머니 인생의 괄호 속을 유추해 볼 수 있게 되었다.

쓰지 않으면 아무 일도 일어나지 않는다. 쓰면서부터 조금씩
문체의 색깔이 드러났고, 삶의 감각이 예민해졌다. 나는 서사
보다 운문이 좋았다. 한 줄의 문장에 하나의 인생을 담을 수
있다고 믿었고, 그렇게 믿으며 써왔다. 나에게 글쓰기란 암호
같은 것이어서 생의 비밀을 푸는 데 유용했다. 글쓰기 덕분에
나는 타인의 삶을 살기도 하고 세상을 정의해 보기도 하고 이
파리 하나 빗방울 하나가 되어 보기도 한다.

라이너 마리아 릴케가 말했다. "글을 쓰지 않고도 살 수 있을
거라 믿는다면, 글을 쓰지 마라." 아마도 오늘처럼 가을비 내
리는 날, 릴케도 문득 존재의 문을 여는 열쇠를 빗방울 사이
에 꽂아 넣었을 것이다. 그렇지 않고서야 빗방울을 헤아리고

있는 내게 릴케의 저 말이 선명하게 떠오를 리 없다. 하다못해 빗방울마저도 존재의 흔적을 남기려고 유리창에 상형문자를 그린다. 산다는 건 눈물겨운 일이지만, 아름답다고 쓰고 나면 문득 비가 그치고 햇살이 쏟아지고 무지개가 떴다. 쓰지 않았다면 나는 아무것도 사랑하지 못했을 것이다. ●

산다는 건 눈물겨운 일이지만.

아름답다고 쓰면

비가 그치고 햇살이 쏟아지고 무지개가 떴다.

은퇴한 농부들. 구스타프 웬첼

　　　　　　　　　　가을이 지나간다. 붙잡
는다고 머물지 않을 걸 알아서, 놓는다. 실은 가을을 놓친다.
무를 뽑아 절이고 시든 가을꽃들을 베어낸다.

그 사람은 가까워지고 싶은 사람이었다. 만난 적 없지만 알아
가고 싶어서 내 마음의 상태를 말했다. 그때 그 사람이 우리
사이를 정했다. "나는 어렴풋한 사이가 좋아요." 만나지 못
했고 그리워하지 못했다. 어렴풋하다는 말은 가을이 스쳐 지
나간다는 말과 동의어라는 것을 나는 안다.

가을볕은 마른풀 더미에 스며서 타들어가고 있고, 말라가는
것들의 몸에는 늦가을 냄새가 배어든다. 서 있는 것들은 주저

림태주 에세이

앉고 초록은 탈색되고 석양의 뒷모습은 일렁인다. 가을이 어렴풋하게 지나간다. 나는 애착하지 않는 삶을 좋게 여긴다. 어느새 그런 관계가 편해졌고, 지나갈 것을 미리 알아서 놓치거나 붙들지 않는 정도가 되었다.

나는 가을을 배웅하려고 집 앞까지 나가 평정심을 유지하며 서 있다. 가을의 척추가 휘우듬하게 휘어진다. 지나가는 저인들 아랑곳없이 매정하기가 쉽겠는가. 나는 어둑해지면 달빛을 방 안에 들이고 해바라기처럼 꼿꼿이 앉아서 시를 쓸 것이다. 인간이 시를 쓴다는 말은 소리 없이 운다는 뜻이다. ●

인간이 시를 쓴다는 말은

소리 없이 운다는 뜻이다.

마음 앨범

          시를 써서 선물했다. 만년필로 엽서에 쓰거나 붓펜으로 도화지에 써서 몇몇 사람에게 나눠주었다. 오래전 일이다. 누구에게 어떤 시를 써서 선물했는지 기억하지 못한다. 세월이 흐르고 친구들에게서 드문드문 문자가 오고 그 안부 문자에 사진이 섞여 있고 그 사진 속에 내가 써준 시가 있다. 그제야 나는 내가 오래전에 쓴 생경하고 미숙한 시를 읽는다. 눈에 물기가 어린다. 나마저도 나의 행방을 모른다.

내가 누군가에 보낸 편지뭉치가 오래된 나무상자 속에 들어 있다. 그 편지들은 내 필적이 분명하나 나의 소유가 아니다. 내가 보낸 편지들을 다시 내게 돌려보냈을 사람의 마음이 어떠했을까. 나는 그 처참한 마음을 없애지 못하고 나무상자에 넣어 두었다. 수년이 흐른 후 이사를 하고 나서 이삿짐을 풀다가 빛바랜 편지뭉치를 발견했다. 돌려보내진 마음의 응어리들. 눈가에 물기가 어린다. 저 마음의 발신자도 수신자도 서로의 행방을 모른다.

가을이 깊다. 깊어서 가을의 속을 모르겠다. 나는 내가 있는 곳을 모르고도 살아가는구나. 마음들이 어디 가서 죽었는지 살아있는지도 모르고 살아가는구나. 왜 사랑했는지 왜 돌려보내졌는지 모르고도 살아가는구나. 살아갈수록 눈가가 흐려지는 일이 잦다. 기실 추억이 남는 게 아니라 남겨진 삶이 더듬는 회한이 자꾸만 살아오는 것이다. •

왜 사랑했는지 왜 돌려보내졌는지

모르고도 살아가는구나.

그리고 전보, 율리우스 엑스네르

작가의 정의

글쓰기와 작가에 대한 명쾌한 정의들이 많다. "작가란 오늘 아침에 글을 쓴 사람이다." 미국 작가 로버타 진 브라이언트가 자신의 글쓰기 책 《누구나 글을 잘 쓸 수 있다》에 적어둔 이 말이 나는 마음에 든다. 엄격한 잣대나 자격이나 권위가 내포돼 있지 않아서 더 좋다. 어느 직업이나 마찬가지지만 작가라는 직업도 생활의 규칙과 육체적 성실을 바탕으로 해야 한다. 수상 이력이나 지나간 인기를 거들먹거리는 자가 아니라 오늘 아침에도 글을 쓴 현역이라야 작가라는 이름이 부끄럽지 않다는 함의를 품고 있다. 반짝반짝하고 싱싱하고 날카로운 정신이 살아있을 때만 작가라는 소리다.

림태주 에세이

나는 작가가 특별한 존재로 추앙받는 게 온당치 않다고 여기는 쪽이다. 그런다고 작가라는 직업에 대한 존중이 사라지는 건 아니니까. 마찬가지 아닌가. 환경미화원과 소방관과 일용직 노동자가 그가 하는 일로 특별하게 인식되거나 반대로 업신여김을 당해서는 안 되는 것처럼. 직업을 어떻게 명명하건 생활인은 밥을 버는 일에 자신의 매일을 사용한다. 작가도 쓰는 일에 매일을 투자해 전념하는 자일 뿐이다.

"작가란 쓰지 않는 때에도 쓰고 있는 사람이다."
내가 내린 작가의 정의는 이것이다. 작가와 작가가 아닌 사람의 차이는 글을 쓰지 않는 시간에 있다. 작가가 아닌 사람은 글을 쓸 때만 작가가 된다. 그의 쓰기에는 시작과 끝이 확실히 있다. 그런데 작가는 글을 쓰고 있거나 글을 쓰고 있지 않거나 언제나 쓰기의 도중에 있다. 시작과 끝이 따로 없다. 그런 걸 일컬어 '쓰기를 살아가는 사람'이라고 한다. 그래서 '살아가는'과 '사랑하는'은 확실히 동의어가 맞다.

사실 나는 글을 쓸 때보다 쓰지 않을 때의 나에게 더 매력을 느낀다. 쓸 때의 나는 하나의 인쇄 기계나 출력 장치에 불과하지만, 내가 쓰고 싶은 주제에 대한 아이디어를 떠올리고 이것과 저것을 연결해 보고 재밌는 상상을 해 보는 과정이 쓰지 않는 시간에 일어나기 때문이다. 비유하자면 연극무대에 서기 전의 연습과 리허설 과정이 진짜 삶이고, 실제 공연은 실상 그 연습의 최종 재연에 불과하다. 인생의 중심을 연습 과정이 아닌 본공연에 두고 살면 인생의 무상함과 허무에서 헤어나기 어렵다.

매일 쓸 수는 없지만 쓰기를 곁에 두지 않은 날은 없다. 다른 사람들과 똑같은 일상을 살지만, 내가 쓰는 사람이라는 자각을 잊지 않는다. 작가라는 직업은 평범하지만, 자신이 쓰는 자라는 경각심을 갖는 작가는 비범해질 수밖에 없다. 그것은 살아가는 사람의 자존이고 긍지라서 잘 쓰고 못 쓰고의 평가와는 아무런 관련이 없다. 삶이라는 장르에 본격 진입한 사람은 스스로 전일하고 충만하다. ●

작가라는 직업은 평범하지만,

자신이 쓰는 자라는 경각심을 갖는 작가는

비범해질 수밖에 없다.

에드몽 메트, 프레데리크 바지유

어느 날부터 그녀의 글이 내 눈에 띄기 시작했다. 그녀의 글은 투명한 시냇물 같아서 시간의 무늬가 들여다보였다. 나는 시냇물 같은 그 사람이 궁금해졌다.

쓰고 싶은 사람이 있고, 쓸 수밖에 없는 사람이 있다. 쓰고 싶은 사람이 써야 하는 이유를 찾아내면, 그 이유가 절실할수록 쓸 수밖에 없는 사람이 된다. 써야만 하는 사람의 글은 생활의 흉곽을 도려내 고스란히 옮겨놓은 문장이라 삶 자체인 글이 된다. 글이 삶을 앞지르지 않고 삶과 나란한 균형을 이룬다.

그녀의 글이 하나씩 피드에 뜰 때마다 나는 단정한 자세로 읽었다. 어떤 글에서는 생쌀을 씹는 느낌이 났고, 어떤 글에서는 무채를 썰다가 칼에 베이는 느낌이 났다. 그럴 때 내 입속에는 쌀알에 스며있던 햇살의 풋내가 고였다. 흰 무채는 붉은 핏물을 기다렸다는 듯이 빨아들였다. 이것이 삶의 진진한 현실이라고 말하는 문장들이었다. 아름다우면서 처연한, 희망이면서 허무한, 불량하면서 불우하지 않은. 너무도 적확해서 피하고 싶은 문장이었고, 생활의 밑바닥을 핥는 혀였다.

기실 한 방향으로만 정확히 내달리는 삶이란 없다. 이로움과 해로움이 충돌하고 선함과 악함이 싸우고 욕망과 고통이 뒤섞인다. 그럴 때 삶은 팽팽해지고, 그럴 때 글은 써야 하는 무엇이 아니라 터져 나오는 신음이 된다. 살기 두려운데, 세상은 엉망인데 그럼에도 살아야겠다는 글은 저미고 찌르고 휘젓는다. 눈물은 아래로 흐르는데 밥숟가락은 눈치 없이 자꾸만 위로 올라가듯이 그 삶을 부둥켜안고 애증하게 만든다. ●

쓰고 싶은 사람이 써야 하는 이유를 찾아내면,

그 이유가 절실할수록

쓸 수밖에 없는 사람이 된다.

떠도는 생각들, 에드먼드 블레어 레이튼

글을 쓰다 보면 외롭다.
빗장을 닫아걸고 쓰기의 세계에 유폐되면 견디기 힘든 고독
감이 목까지 차오를 때가 있다. 내가 아는 작가들은 그 고독
에 익사하지 않으려고 저마다 괴벽스런 행태를 보인다. 줄담
배를 피워댄다든지 커피나 포도주를 마셔대는 일은 예사이
다. 실성한 듯이 중얼대거나 소리를 지르거나 흐느끼는 이도
있다.

나는 주로 달린다. 글이 잘 풀리면 천천히 산보하듯이 걷고,
막혀서 괴로우면 뛴다. 산책은 내가 아직 만나보지 못한 문장
의 극점으로 나를 데려가 준다. 달리기는 외로움과 괴로움으
로부터 탈주하기이다. 드라마 〈나의 아저씨〉에는 주인공 지

안이 이력서 특기란에 '달리기'라고 적었다고 나온다. 나는 그 달리기가 살기 위해 '도망치기'라는 걸 안다. 내가 아직도 글을 쓰고 있는 건 잘 도망쳐서 살아남은 덕분이다.

사람들은 살을 빼려고 체력을 기르려고 건강하게 살려고 갖가지 이유로 달린다. 나는 죽지 않으려고 달린다. 글을 쓰지 않을 때도 외로우면 달린다. 외로움은 인간 모두의 디폴트 옵션이라서 외로움을 회피하는 갖가지 방법들과 상품들이 개발됐다. 결혼제도부터 스포츠, 영화, 여행, 책, 연애 등등 수많은 오락거리와 서비스가 있지만, 내게 가장 가성비 좋고 효과 만점인 아이템 하나를 꼽으라면 역시 달리기를 들겠다.

나는 토할 정도로 전속력으로 달려 보았고, 땅바닥에 드러눕고 싶을 정도로 비틀거리며 뛰어보았고, 눈물범벅으로 엉엉 울면서 도망쳐 보았다. 사는 게 그랬다. 그뿐, 외로움은 완전 관해되지 않고 늘 재발했다. 그래서 나는 지혜로운 사람들이 그렇게 하듯이 달래가면서 동거하는 쪽을 택했다. 씽씽한 노인은 한순간에 가고 골골한 노인은 질기게 버틴다는 속설처럼 외로움도 약이라는 믿음으로.

생각해 보면 글쓰기도 달리기도 도망치기도 이 모든 것이 다

외로움이 협박해서 하는 짓들이다. 도망치다 보면 달리기가 늘고 폐활량이 늘어난다. 물속에서도 오래 견디고, 생의 중력에도 능란하게 견딘다. 쓰는 일이란 참 고맙고 밉고 징글징글하다. 나는 좋겠다, 오래 붙들리고 얽매여 사랑할 것이 있어서. ●

산책은 아직 만나보지 못한 문장의 극점으로
나를 데려가 준다.
달리기는 외로움과 괴로움으로부터 탈주하기이다.

무지개가 있는 풍경, 카스파르 다비트 프리드리히

내 노트북 폴더에는 미발표작들이 수두룩하다. 그것들은 미완성 작품이 아니다. 그냥 지우개 똥 같은 것이다. 내가 쓰는 글의 타율은 4할이 채 되지 못하는 듯싶다. 열 편을 쓰면 서너 편이나 살아남을까? 절반 이상을 실패한다. 망한 작품들, 쓰다만 낙서 수준의 글들을 미발표작이라고 할 수 있을까?

인생에 여러 어려움이 있지만, 버리는 일이 나는 가장 힘들고 괴롭다. 살면서 참 많이도 버리고 살아왔는데 제대로 흔쾌히 깔끔하게 버렸는가를 생각하면 자신이 없다. 항상 질질 끌었고 부스러기를 흘렸고 애착을 남겼다.

습작 때는 열정 때문에 실패한 글을 버리지 못했다. 글에 쏟아부은 치열한 고뇌가, 치기 어린 자긍이 버리지 못하게 막아섰다. 작가가 돼서는 글을 보는 안목이 생겨서 잘 나온 글과 못 나온 글이 빤히 보였다. 가려서 버리면 되는데도 못난 글들을 폐기하지 못하고 따로 모아두었다. 언제든 쓰일 데가 있을 거라는 기대와 다시 고쳐 내보낼 수 있을 거라는 헛된 믿음이 그렇게 시킨 것이다.

고백하건대 아까워서 못 버리고 아파서 못 버린 글들을 다시 살려서 새 글로 완성한 적이 거의 없다. 꺼내서 보면 추억의 사진첩이나 케케묵은 편지첩과 다를 바 없었다. 추억은 추억하기 위해 보관해 둔 기억이지 나중에 쓰려고 부어둔 적금이 아니지 않은가. 추억이란 말은 지나갔다는 말이고 낡았다는 말이고 되살릴 수 없다는 말이다.

관점을 달리해 보면 버린다는 게 꼭 없앤다는 뜻만은 아니다. 음식을 조리하다 보면 넘칠 때가 있다. 덜어내야 한다. 불순물이 뜨고 거품이 떠오르면 떠내서 버려야 한다. 그러니까 버린다는 말은 본질인 것, 가치 있는 것, 알맹이를 남긴다는 뜻이다. 버린다는 말은 허위와 외화를 걷어내고 가장 나다운 면모를 드러낸다는 뜻이다.

버림은 잃음이 아니라 쓸모의 얻음이다. 버림은 잊음이 아니라 사랑의 집중이다. 얻으려면 놓아야 하고, 살려면 지나온 불행과 다가올 근심을 망각해야 한다. 버리고 피하고 잊어도 늘 남는다. 인생은 모자라지 않는다. 넘쳐서 오히려 부족한 것들과 덜어내면 모자랄 거라는 기우까지 함께 내다 버려야, 오롯이 내가 남는다. ●

버린다는 말은
본질인 것, 가치 있는 것, 알맹이를
남긴다는 뜻이다.

책과 팸플릿, 얀 데 헤엠

　　　　　　　　　나는 그의 문장을 신뢰
한다. 정확하게 말하면 그 사람을 신뢰한다. 좋아한다가 아
니라 신뢰한다는 표현을 쓴 이유는 단 하나다. 그는 정교하고
엄밀한 문장을 쓰기 위해 고군분투하는 사람이기 때문이다.
그는 프로파일러 같아서, 시나 소설의 문장에 숨겨진 의도를
파헤치거나 행간의 의미를 해석해 준다. 그는 자신의 작업을
수행하기 위해 어떤 시들은 몇 달이고 몇 년이고 '데리고' 살
기도 한다고 고백했다. 그렇게 해석해 낸 비밀을 문장으로 옮
길 때 그는 최대한 '정밀하게' 번역하려고 애쓴다. 그것은 결
코 만만한 일이 아니다. 그것이 독자에 대한 예의이고 직업으
로 밥을 버는 사람의 성의라고 여기는 듯하다. 그의 어떤 글
을 읽어도 그 마음이 읽힌다. 그는 문학평론가 신형철이다.

2022년 12월 2일 자 국민일보에 그의 인터뷰 기사가 실렸다. 《인생의 역사》라는 에세이를 출간한 직후였다. 정확한 문장을 추구하는 평론가라는 독자들의 평가를 전하면서 기자가 물었다. 당신을 기쁘게 만드는 정확한 문장이란 어떤 것이냐고. 그의 대답을 그대로 인용하면 이렇다.

"막연하게 어딘가에 있는 인식, 한 번도 제대로 표현돼 본 적이 없는 인식, 그걸 탁 잡아서 이거야, 라고 말해주는 글이 정확한 문장이라고 생각한다. 문장이 예쁘거나 중요해서가 아니라 언젠가 나도 생각한 적이 있지만 표현하는데 성공한 적이 없는 문장, 그래서 밑줄을 긋게 하는 문장, 그런 걸 쓰는 게 정확하게 쓰는 것이다."

나는 글을 쓸 때 '영감'이란 것을 기다려 본 적도 없고, 그것의 실체가 있다고 믿지도 않는다. 낭만으로 포장된 허무한 관념이라고 생각한다. 영감은 모든 애씀과 모든 고뇌의 시간을 일거에 무화해버린다. 애석하게도 인간의 삶은 정확하게 말해지지 않는 불확실한 현실과 출처 불명의 고통과 뜻밖의 행운으로 이루어져 있다. 사실 '운 좋게'와 같은 말들은 방어적인 표현이다. 내밀하게 겪어내고 살아낸 시간을 뚜렷하게 정의할 언어를 찾지 못한 자의 막막함이거나 몸에 밴 겸손이거나 귀찮아서 피하려고 할 때 쓰는 레토릭에 지나지 않는다.

그가 내 생각을 읽어냈는지 이렇게 덧붙였다.

"그런 문장은 영감이나 그런 게 아니라 집요하게 포위해서 구석으로 몰아가지고 찾아내는 것 같다." ●

인간의 삶은

정확하게 말해지지 않는 불확실한 현실과

출처 불명의 고통과

뜻밖의 행운으로 이루어져 있다.

막심 고리키 초상, 발렌틴 세로프

독서

국어 시간에 선생님이 말씀하셨다.

"책을 읽다 보면 졸음이 몰려올 거다. 책장을 넘길 때 손가락에 침을 바르지 마라. 종이에 수면제 성분이 묻어 있어서 그렇다."

몇몇 아이들이 교사의 고급한 유머를 알아듣고 킥킥 웃었다.

"책을 끝까지 다 읽으려고 덤비지 마라. 어려운 책일수록 졸다가 볼장 다 본다. 책을 읽을 때 세 번만 졸지 않으면 된다."

아이들이 얼른 노트에 받아적을 준비를 했다. 오호, 세 가지만 알면 된다니 족집게 선생이다.

"첫째, 저자가 어떤 개념을 설명할 때다. 개념을 알면 그 책의 절반을 이해할 수 있다. 둘째, 저자가 무언가에 대해 정의를 내릴 때다. 저자가 자신의 해석을 밀도 있게 드러내는 지점이다. 셋째, 저자가 강조해서 주장할 때다. 이것이 이 책의 핵심이라는 뜻이다."

신입생 때 교양수업에 들어온 시인이 시란 무엇인가에 대해 강의했다. 시인이 시작법의 뼈를 발라 말했다.
"시를 쓸 때 세 가지를 주의해라. 첫째, 뻔한 걸 경계해라. 김 빠진 맥주를 마시는 것과 같다. 둘째, 모호함을 용납하지 마라. 시는 천사의 예언이 아니라 구질구질한 엄마의 잔소리에 가깝다. 셋째, 이성이 끌고 감성이 민다. 허무맹랑한 영감이나 낭만적 감수성을 신봉하지 말고 논리적 이성의 힘을 길러라."

나는 교사의 말대로 책을 읽을 때 대부분 졸고 세 곳에서만 정신을 바짝 차린다. 나는 시인의 말대로 이성적으로 시를 써서 투고했고, 운 좋게 시인이 되었다. 그러나 점점 시로부터 멀어졌다. 생활이 나를 슬프게 했다. 시를 쓰지 않더라도 내가 사는 삶으로 시를 증명할 수 있다고 믿었다. 그 믿음은 나의 알량한 자존심이었고 시에서 은퇴한 자의 미련 같은 것이었다. 시인의 말처럼 시가 구질구질한 삶의 현실에 소속돼 있다면 내 삶이 시와 아주 무관하지는 않으리라 희망했다.

이것은 시이고 저것은 시가 아니라고 말할 수 없다. 그렇듯이 이것은 삶이고 저것은 삶이 아니라고 말할 수 없다. 모든 개별의 삶은 빤하지 않고 지극히 실용적이고 구체적이어서 한 편의 시다. 각자의 색채로 삶을 칠해왔으므로, 모든 삶은 각각의 저작권자가 창작한 유일무이한 작품이다. 나는 그렇게 믿으며 시가 사라져가는 시대를 견딘다. ●

시가 구질구질한 삶의 현실에 소속돼 있다면

내 삶이 시와 아주 무관하지는 않으리라

희망했다.

2절판 책이 있는 정물, 휴고 샬르몽

어떤 글은 성공하고 어떤 글은 실패한다. 이 말은 어떤 글은 전달되고 어떤 글은 전달되지 않는다는 뜻이다. 내 경험에 의하면 잘 전달되고 말고의 관건은 어휘다. 어휘력의 빈곤이 곧 글의 실패로 이어진다. 어휘의 문제란 내 생각이 가장 적확하고 마땅한 단어로 번역됐는가를 말한다. 뒤집어 말하면 표기된 어휘와 내가 말하고자 하는 뜻이 선명하게 매칭됐는가를 말한다. 두루뭉술한 생각을 불분명한 어휘들이 감싸고 있으면 그 문장은 오리무중에 빠진다.

어떤 사물이나 현상에 대한 일반적인 지식을 개념 혹은 상식이라고 한다. 개념이 지식적 측면이 강조된 말이라면, 상식은 일반적인 견문과 함께 이해력이나 판단력과 같은 사리 분별 능력을 포함한다. 개념과 상식은 짤막하고 축약된 단어의 형태로 유통된다. 학문과 지식과 기술과 원리는 개념으로 정의되고 설명되고 구현된다.

단어는 개념이라는 의미가 세 들어 사는 집이다. 자가주택이 아닌 이유는 개념이 변하기 때문이다. 진리가 새로운 진리에 의해 부정되듯이 그것이라고 믿었던 개념이 시대에 따라 변한다. 그래서 단어도 의미의 지각 변동을 겪는다. 이 변동의 가능성, 혹은 사용자의 변주 가능성은 단어의 불안정성과 불완전성을 드러낸다. 그래서 단어란 그 단어가 품고 있는 '의미의 확정'이 아니라 '의미의 그림자' 혹은 '의미의 윤곽'이다.

단어는 자신의 불완전성을 극복하려고 필연적으로 다른 단어와의 연결을 꿈꾼다. 문장이란 단어들의 조화로운 결합을 말한다. 단어들로 조합된 문장은 지금 새롭게 발상한 생각을 담아내기도 하지만, 내 안에 축적된 지식이나 경험을 꺼내서 담아내기도 한다. 또 타인의 말과 글을 인용하거나 비판하는 방식으로 문장들이 출연한다.

현재형 문장과 과거형 문장들이, 내 생각과 타인의 생각이 충돌하고 연합하면서 문장들이 엮여 '단락'을 이룬다. 문장들의 뭉치인 단락은 방향성을 가지고 다른 단락들과 긴밀하게 결속한다. 단락들이 결집하는 방향성의 뼈대를 '주제'라고 한다. 그 주제를 다각도로 드러내는 여러 편의 '글essay'들이 논리 구조를 이루어 '책book'이라는 건축물로 우뚝 선다.

이 모든 것이 하나의 단어로부터 시작되지만, 그 누구도 책이 완성되기 전까지는 단어의 향방을 모른다. 한 인간이 행하는 사유의 논리성은 단어 하나의 의미로부터 시작된다. 어떤 문장은 사색하게 만들고 어떤 문장은 강렬한 공감을 불러일으킨다. 단어들의 유기체인 하나의 문장은 하나의 판단으로, 하나의 명제로 존립한다.

단어 하나, 조사 하나를 고르기 위해 고심해 보지 않은 작가는 없을 것이다. '바람이 분다'와 '바람은 분다'는 문장이 왜 다른가를 아는 자만이 '사랑하는'과 '사랑을 생각하는' 것의 차이를 쓸 수 있다. 나는 미욱해서 낱말의 계단에서 자주 미끄러져 무릎이 까진다. 단어들이 내 몸에서 빠져나와 도망치는 게 보인다. ●

단어란 그 단어가 품고 있는
'의미의 확정'이 아니라
'의미의 그림자' 혹은 '의미의 윤곽'이다.

책상에서 글을 쓰는 성 바오로. 클로드 비뇽

책이 말했다.

"인간적으로 책이 너무 많지 않아?"

나는 새로 낼 책 원고를 쓰고 있던 중이었다.

"무슨 뜬금없는 소리야?"

서가에 빼곡히 들어찬 책들을 손으로 가리키며 책이 한심하다는 표정으로 말했다.

"저것들 다 읽었어? 책상 위에 올려진 신간들 봐. 이번에 또 뭉텅 지른 책들이잖아."

나는 의아했다. 책이 저런 말을 하다니?

"네가 그렇게 말하는 건 모순 아니야? 책을 읽어달라고, 사달라고 읍소해야 할 입장일 텐데?"

책이 어이없다는 듯이 피식 실소를 흘리며 말했다.

"그게 왜 내 입장이야? 출판업자나 책 장사들이 하는 말이겠지."

듣고 보니 맞는 말 같아서 나도 모르게 고개를 끄덕거렸다.

"네가 하고 싶은 말이 뭐야? 네 입장이 뭐냐고?"

책이 손을 입에 대고 큼큼거리더니 말했다.

"책이 이리 넘쳐나는 판에 또 책 하나 보태는 데 급급하지 말고 부끄럽지 않은 책을 내라는 뜻이야. 제발 종이를 아껴."

나는 기습 펀치를 맞은 것처럼 멍하니 책을 바라보았다. 책이 조금은 슬프고 조금은 화가 난 목소리로 말했다.

"네가 나를 서점에서 데려와서 지금까지 몇 페이지나 읽었는지 아니? 1장 앞부분 조금 읽더니 네가 그랬어. 아니 이걸 책이라고 냈나? 그 말을 듣고 내가 얼마나 죽고 싶었는지 알아? 내 몸에 인쇄된 글자들을 전부 지워버리고 싶었어. 내가 나를 소각장에 던져버리고 싶었어. 그 기분을 네가 알아?"

나는 뭐라고 대꾸할 말이 얼른 떠오르지 않아 끔벅끔벅 책을 바라보기만 했다. 나는 풀이 죽어서 책에게 진심으로 사과했다.

"미안하다. 네 기분을 미처 생각하지 못했어. 네가 무슨 잘못이 있겠니? 너무 많은 저자들과 출판업자들과 얍삽한 마케팅 잘못이겠지. 작가로서 부끄럽다."

책이 누그러진 목소리로 말했다.

"그만 써도 돼. 인간은 그만둘 줄을 몰라."

나는 속으로 생각했다. 그건 네 입장일 뿐이고. ●

"그만 써도 돼.

인간은 그만둘 줄을 몰라."

서점에서, 빅토르 바스네초프

신영 무협지 읽다

박찬욱 감독의 〈헤어질 결심〉은 모호한 영화다. 아마도 극장을 나서는 몇몇은 제목과 달리 사랑할 결심을 하게 될지도 모른다. 영화는 지극히 문학적인데 소설보다는 시에 가깝다. 줄거리를 이해하려 들면 영화를 놓치게 된다. 안개와 안약과 눈과 파도와 모래톱은 이 시를 이루는 은유들이다.

몇몇 영화를 오마주한 느낌이 있다. 파이란이나 원초적 본능이나 히치콕의 이창도 떠오른다. 이 영화는 영상미보다는 언어적 문법을 중심에 둔다. 통속의 클리셰를 언어적으로 극복한다. 기존 형사 이미지와는 다른 품격의 언어를 캐릭터에 부여한다든지, 의심과 끌림, 마음과 심장을 한데 묶어서 보여

림태주 에세이

준다든지 하는 시도가 신선하다.

이 영화의 압권은 '마침내'라는 부사의 용법을 비틀어서 보여 주는 데 있다. 어떤 피의자도 '마침내 죽었다'고 진술하지 않는다. 곧바로 의심받게 되니까. 그러나 살해 욕망을 들킴으로써 의심이 관심으로 전환되는 이유를 타당하게 설명해 간다. '심장'을 갖고 싶다고 하면 서스펜스가 되지만 '마음'을 갖고 싶다고 하면 로맨스가 된다. 같은 언어의 다른 번역을 통해 장르의 교차를 보여 준다.

그러므로 언어는 안개다. 모호하고 불완전하다. 사랑하기 위해 헤어질 결심을 하고, 기억되기 위해 미제사건으로 남기를 자처하는 죽음도 있다. 이것들이 다 언어가 붕괴된 자리에서 일어나는 사랑의 일들이다. ●

'심장'을 갖고 싶다고 하면 서스펜스가 되지만

'마음'을 갖고 싶다고 하면 로맨스가 된다.

군청색 유채 물감이 겹
겹으로 발라진 밤이었다. 밤의 모서리에 눈썹달이 박혀 있었
다. 노란빛이 강렬해서 현실감이 느껴지지 않았다. 신화 속
괴수가 한쪽 눈을 뜬 채 잠들어 있는 듯했다. 나는 살금살금
발소리를 죽여 마당에 내려섰다. 노란색이 깨서 번질까 봐.

한 노작가가 자신은 주어와 동사만으로 글을 쓰고 싶다고 말
했다. 이토록 이상적인 글쓰기가 가능하려면 두 가지가 충족
돼야 한다. 하나는 부사와 형용사에 대한 절제력이다. 유혹을
물리치기가 여간 만만치 않다. 다른 하나는 명사와 동사에 대
한 어휘 능력이다. 어휘력은 두 가지를 뜻한다. 하나는 유사
어의 미세한 차이를 감별하는 민감성이고 하나는 개념에 대

한 폭넓은 지식 경험이다. 단순한 문장을 구사하려면 직관적인 명사, 선명한 동사를 지정할 수 있어야 한다.

노작가의 소설이나 산문을 읽을 때 나는 그가 꿈꾸는 글의 궁극을 엿본다. 그가 쓰는 주어는 흐릿하지 않고 흐트러짐이 없다. 주어가 있어야 할 자리에 분명하게 주어가 자리 잡고 있다. 그는 주어가 반복될 때도 대명사가 주어를 대신하도록 용납하지 않는다. 거칠고 무겁고 느려지는데도 의지를 가지고 주어를 반복한다.

몇몇 글쓰기 책에는 주어의 사용을 안일하게 대하는 태도가 있다. 우리말은 주어가 빠져도 아무런 문제가 없으므로 생략할 수 있으면 없애라고 한다. 그래야 글이 간결해진다고 부추긴다. 괴상쩍은 말이다. 가능하다고 해서 장려해도 좋다는 뜻은 아니다. 문장을 똑바로 세우는 게 먼저다. 주어와 술어가 긴밀하게 연동되지 못한 문장에 간결함이 무슨 의미가 있겠는가. 간결함이란 주어를 살리고 빼고의 문제가 아니라, 표현의 빈약함을 해결했을 때 비로소 터득하게 되는 문장 기술이다.

나는 주어를 대할 때 애틋하고 연민에 겨운 심정이 된다. 주

림태주 에세이

어는 안타깝게도 전혀 주체적이지 못하다. 술어가 주어를 부리고 흔들고 좌우한다. 혼자서는 아무것도 못 한다. 이것은 주어의 고독이고 운명이다. 술어가 행동하고 술어가 정의하고 술어가 묘사한다. 주어는 술어에 따라 작동되고 설명되고 명명된다. 그래서 나는 어떻게든 주어를 세워 주려고 한다. 어떻게든 주어의 존재감을 드러내 주려고 한다.

아무리 노란 달이 주인공 같아도 푸른 밤의 오브제에 지나지 않는다. 푸른 밤이 주어이고 푸른색이 주색이다. 주어는 자주 생략되지만, 해석되지 않아서 간결하고, 간결해서 물씬 고독하다. ●

간결함이란 주어를 살리고 빼고의 문제가 아니라,

표현의 빈약함을 해결했을 때

비로소 터득하게 되는 문장 기술이다.

루앙의 전경, 폴 고갱

동물 다큐에 사자가 물소를 사냥하는 장면이 나왔다. 사자는 자신보다 서너 배는 몸집이 큰 물소의 목덜미에 송곳니를 박아 넣고는 온 체중을 실어 매달렸다. 물소는 사자를 떨쳐내려고 몸부림을 치다가 한참 만에 주저앉았다. 이 순간을 버텨내지 못하고 턱의 무는 힘이 풀리면 그때는 물소의 반격을 감당해야 한다. 물소를 사냥하던 사자들이 물소의 날카로운 뿔에 받혀 중상을 입거나 목숨을 잃는 사고가 종종 발생한다. 사자는 목숨을 걸고 사냥하는 것이고 물소는 생존을 위해 반격의 기회를 기다리는 것이다. 사자의 더운 숨과 물소의 거친 숨이 허공에서 격돌한다.

나는 시를 생각했다. 시란 저 뿔과 송곳니 같은 얽힘이 아닐까 하고. 단어가 단어의 목덜미에 송곳니를 쑤셔 넣는다. 뒤따라온 문장이 앞 문장의 몸통에 뿔을 박아 넣는다. 시행들이 시인의 숨통을 조여온다. 생사를 넘나드는 축축한 긴장과 대치, 그 압축된 메타포가 시와 시인을 향해 격발된다. 사자도 물소도 이 싸움의 끝을 모른다. 단 하나, 어떻게든 싸움의 끝을 봐야 한다는 것. 시는 후퇴할 수 없고 시인은 밀고 나아갈 뿐이다.

시인은 자유자재로 말을 부리기 위해서 언어를 담금질하지 않을 수 없다. 언어를 불에 달구고 정념의 모루에 얹어 두드리고 식히고를 반복할 수밖에 없다. 단단하게 제련하지 않으면 시도 시인도 속아 넘어간다. 가짜가 진짜처럼 유통된다. 풀뿌리 하나 캐내지 못하는 호미가 생의 손아귀에 쥐어진다.

대장장이의 쇠 같고 사자의 송곳니 같고 물소의 뿔 같은 시를 읽을 때 나는 시를 쓴 사람을 생각한다. 그의 거친 손바닥과 그의 거친 숨소리와 그의 거친 근육을 떠올린다. 시를 향한 그의 푸른 야생이 부디 생존하기를 염원한다. ●

대장장이의 쇠 같고 사자의 송곳니 같고

물소의 뿔 같은 시를 읽을 때

나는 시를 쓴 사람을 생각한다.

고열 단조. 도미니크 스쿠테키

아름다운 것

절망할 때가 있다. 내가 며칠 밤을 새운 끝에 미증유의 문장을 낳았는데, 나는 천재다라고 환호했는데, 어디선가 툭 튀어나온 어떤 작가의 글이 내 문장은 생각도 안 나게 깊고 아름다울 때, 더욱이 그 문장이 죽은 지 백 년도 넘은 사람이 써둔 글일 때.

인간이 창조한 아름다움의 대부분은 연습의 결과물이다. 어떤 경지에 오르면 연습의 흔적들은 말끔히 지워진다. 연필로 그린 밑그림은 물감이 칠해지는 순간 사라지고 시간은 시간의 자국을 말끔히 지워낸다. 그래서 아름다움은 완성으로만 존재하고 아름다움 자체로만 존재한다. 수많은 수정과 퇴고와 편집과 보정은 기억되지 않는다. 누구도 아름다움에 이르는 과정을 묻지 않는다. 즉각적인 감탄사로만 경의를 표할 뿐이다.

물론 서툰 작가는 아름다움에 도달하기까지의 고단한 부지런함에 대해서 말하고 싶어 한다. 그 피의 뜨거움과 눈물의 농도를 인정받고 싶어 한다. 그러나 진짜 작가들은 그것에 대해 함구하고 발설하길 꺼린다. 그 아름다움에 끼어든 이야기라는 게 언제 시들어 버릴지 모르고, 그 아름다움이 저지른 이면의 추함이 언제 드러날지 모르기 때문이다.

그래서 나는 아름다움을 전적으로 믿지 않는다. 아름다움을 신뢰하지 않는다. 이렇듯 흔들리고 소상히 설명되지 않고 영원에 묶어둘 수 없는 아름다움을 믿을 수 있겠는가. 아름다움이란 작품에 있는 것이 아니라 예술가의 행적에 있는 것이 아닐까.

이성과 윤리를 벗어난 자리에서 아름다움은 겨우 가능한 것인지도 모른다. 세상에서 가장 아름답다는 사랑이 완전한 사랑을 꿈꾸며 서사를 써나가지만, 사랑만큼 비논리적이며 비합리적이며 잔혹한 감정이 없는 것처럼. 그래서 아름답다고 말해지는 것들은 가질 수 없고 붙잡아 둘 수 없다. ●

아름답다고 말해지는 것들은

가질 수 없고

붙잡아 둘 수 없다.

부드러운 소리가 죽으면 음악은 기억 속에서 울려 퍼진다.
윌리엄 오차드슨

타인의 시선을 잡아끌려는 인간의 노력은 필사적이다. 필사적일수록 점점 강렬한 언어가 구사된다. 그런데 강렬할수록 오히려 분별력이 떨어져 경각심이 둔화된다. 하지 말라는 게 너무 많고, 온통 주위가 주의로 가득 차 있으면 긴장감을 잃게 되고, 의식하지 않게 되는 역효과를 낸다.

포유동물에게는 너무 강한 주의보다 따뜻한 호소가 낫다는 건 여러 사례로 입증된다. 어느 도서관 화장실에는 이런 문구가 붙어있었다.

"당신의 어머니가 아침저녁으로 화장실을 청소하고 계십니다."

어느 회사 자료실에는 이런 글귀가 붙어있었다.

"책을 훔쳐가는 사람은 첫눈 같은 사람이에요. 밟고 싶어요."

특별한 날, 생일 같은 때에 축하 선물이나 축하 문자를 받는다. 관계의 농도나 성향에 따라 축하하는 정도가 조금씩 다르다. 모바일 교환권을 보내는 이도 있고, 택배로 선물을 보내는 이도 있고, 간단히 이모티콘을 보내오는 이도 있고, 문자 메시지를 보내는 이도 있다. 내가 제일 감동받고 인상 깊어하는 축하 선물은, 긴 문자메시지다. 물론 이모티콘보다 모바일 교환권이 좋고, 모바일 교환권보다 쇠고기 상자가 흐뭇하다. 그렇지만 긴 축하 메시지를 쓰려면 단단히 마음먹은 성의가 있어야 가능하다. 글솜씨는 상관없다. 길게 쓰려면 우리 사이에 오간 말들과 기억을 소환해야 한다. 그러니까 그가 내게 선물하는 것은 다름 아닌 우리 사이의 '얽힌 시간'이다.

그가 보내온 시간을 맞으러 나는 나의 시간을 마중 보낸다. 서로의 시간이 모바일 화면에서 포옹한다. 이모티콘과 교환권이 해낼 수 없는 웃음을 자아낸다. 감정이 움직였다는 뜻이다. 앞으로 더 간편하고 진화된 기계장치가 인간의 시간과 감정과 언어를 대신할 것이다. 자칫 우리는 더 멀어지고 더 삭막해질지도 모른다. 삭막하다는 말은 물기가 없는 사막이란

오늘 사랑한 것

251

뜻이다. 황폐하고 쓸쓸해지지 않으려면 적시는 말들이 많아져야 하고, 생략된 괄호 안의 말들이 밖으로 나와 수다를 떨고 다정하게 굴어야 한다. 지금의 시대는 말의 양이 관계의 농도이고 사랑의 깊이다. ●

말의 양이

관계의 농도이고 사랑의 깊이다.

러브레터 박스, 조지 백스터

　　　　　　　　　살아간다는 것은 지금
살아간다는 것이다.
지나간다는 것은 지금 지나간다는 것이다.
쓴다는 것은 지금 쓴다는 것이다.

지금 살아가는 것이 아닌 것은 죽은 몸이고
지금 지나가는 것이 아닌 것은 붙잡을 수 없는 시간이고
지금 쓰는 것이 아닌 것은 과거의 생각이 기술한 글이다.

지금 살아가는 것은 몸으로 감각할 수 있고
지금 지나가는 것은 멈추게 할 수 있고
지금 쓰는 것은 가장 새로운 나의 생각이다.

림태주 에세이

3부

살아간다는 것은 겪으며 살아간다는 것이다.
지나간다는 것은 남기고 지나간다는 것이다.
쓴다는 것은 새로 태어난 언어로 쓴다는 것이다.

지금 살아가고 지금 지나가고 지금 쓰는 것으로
세계는 파악될 수 있고 느껴지는 것이어서
그것만이 진실이고, 분명한 나의 생이다. ●

지나간다는 것은 남기고 지나간다는 것이다.

쓴다는 것은

새로 태어난 언어로 쓴다는 것이다.

홀란드의 풍경, 리카르드 베르그

그리워하는 것도 결의 둘 것

일 년에 두어 번이나 될까? 아주 드문드문 안부를 주고받는 친구가 있다. 학창시절엔 둘도 없는 친구였는데 470킬로미터가 넘는 물리적 거리가 우리 사이를 '희미한 옛 추억의 그림자'로 만들었다. 그래도 신변에 변동이 있거나 하면 서로에게 꾸준히 알린다.

"잘됐구나. 정말 축하한다. 기쁜 소식 전해줘서 고맙다. 멀리 있어도 어떻게 살아가고 있는지 알고나 지내자."
친구의 승진 문자를 받고 답글을 보냈다. 망각이 언제 우리 사이를 덮칠지 모르지만, 지지 말고 안부를 전하자고. 네가 그렇게 하듯이 나도 네 생각을 항상 곁에 두고 있다고, 그리워하고 있다고.

글쓰기 책에 대부분 이렇게 나와 있다. 글을 쓰고 싶거든 항상 메모지를 곁에 두라고. 허허로운 말이다. 실상 못 쓰는 사람은 메모지가 없어서 못 쓰는 게 아니라 생각이 곁에 없어서 못 쓰는 것이다. 메모지가 아니라 곁에 둬야 할 건 생각이란 녀석이다. 그 생각 중의 하나가 그리움이다. 그리운 생각이 없는 상태를 나는 외로움이라고 부른다. 그리우면 편지라도 쓰고 전화라도 하고 소설책이라도 읽지만, 외로우면 술 마시고 싸돌아다니고 방구석이 엉망진창이 된다.

그리움은 수증기 같아서 마음을 촉촉하게 만들지만, 외로움은 갈증 같아서 삶의 수분을 빼앗아 말라 죽게 만든다. 그러니 메모지 말고 그리운 생각을 곁에 두어야 한다. 그리워하고 있다고 안부를 전해야 한다. 마음을 실어 편지라도 보내야 한다.

글쓰기를 하려는 사람에게 나는 가장 먼저 편지쓰기를 권한다. 편지는 타인과 나를 동시에 관찰하는 생각 훈련법이다. 편지를 쓰는 일만큼 좋은 글쓰기 훈련은 없다. 편지는 그리움의 시학이고 인간관계학이고 문학의 정점이라고 나는 믿는다. ●

그리움은 수증기 같아서 마음을 촉촉하게 만들지만,

외로움은 갈증 같아서

삶의 수분을 빼앗아 말라 죽게 만든다.

아티스트 드로잉. 빅터 안드레. 이바르 뉘베르그

시간은 골목길 같습니다. 길고 좁은 골목길을 걸어본 기억이 있는지요? 골목 초입에서 바라보면 막혀 있는 것처럼 보이는 길이 있습니다. 기역자나 니은자로 꺾여 있어서 들어가 보기 전에는 막다른 길처럼 보입니다. 그래서 막혔겠거니 추측하고 골목 입구에서 아예 뒤돌아가는 사람도 있습니다.

나는 혹시 모르니 가보자 하고 꺾인 지점까지 들어가 보는 편입니다. 그렇게 딱 보이는 거리까지가 '오늘'이라는 시간이 아닐까 생각합니다. 그러면 꺾인 지점에서 좌우로 열린 구간이 '내일'이라는 시간이겠죠. 앞으로 못 가고 막혀서 다시 뒤돌아 나오는 시간도 '오늘'이 맞습니다. 모든 오늘이 앞으로 나아갈 수 있는 것만은 아니니까요.

생각보다 추억은 힘이 셉니다. 이를테면 골목길을 헤맨 경험도 추억의 힘에 속합니다. 막혔으면 돌아 나오면 되지, 생각하면서 골목길의 냄새며 지붕들의 색깔을 감상하면서 느릿느릿 거닐었던 시간. 특별한 목적도 분명한 이유도 없이 그 골목에 들어섰는데 너무나 좋았던 날이 있습니다. 비가 그친 봄날이었는데 담벼락 밑에 풀들이 돋고 있었어요. 골목길 특유의 흙냄새가 폴폴 피어올랐고, 골목길 끄트머리 쪽에 햇살이 사선을 그으며 부옇게 내려앉고 있었죠. 그때 단박에 알아챘어요. 아, 저 길은 뚫려 있구나. 햇살이 들이치는 서쪽으로 꺾여 있구나. 그런 게 오늘의 수확이고 오늘의 인생인 것입니다.

내 인생을 몇 줄로 요약해서 설명하라고 하면 이렇습니다. 뒤돌아 나올지라도 오늘을 나아갔고, 끝 모를 내일을 두근두근 걸어가곤 했습니다. 걷다가 어떤 예술적인 풍경이 눈에 들어오면 문장에 옮겨 담았고, 그 글들이 나의 생애를 장식해 준 파편들입니다. 별것 없습니다. 오늘은 여기까지입니다. ●

뒤돌아 나올지라도 오늘을 나아갔고,

끝 모를 내일을

두근두근 걸어가곤 했습니다.

4부

별

어른이란 무엇인가

금요일 저녁에 남자 넷이 허름한 중국집에 모였다. 남자들은 탕수육과 팔보채를 시켜놓고 오랜만에 만났다고 안부를 주고받고 반갑게 악수를 나누었다. 네 남자는 직업이며 나이며 종교며 취향이 다르다. 술은 거의 마시지 않고 서로를 깊이 알지 못하는데 대화를 시작하면 밤을 새우기 일쑤다. 이상한 조합인데 좌장 격인 K가 주선해서 함께 모여 여행도 다니고 격의 없이 떠들며 논다.

이날은 내가 토론 주제를 테이블 위에 꺼내놓았다.
"요즘 제가 좀 어려운 질문을 붙들고 있습니다. 어른이란 무엇인가 하는 물음인데요. 도대체 어떤 사람을 어른이라고 말하는 걸까요? 우리는 어떻게 어른이 되는 걸까요?"

L은 진주의 한의사 김장하 선생 얘기를 꺼냈다. 얼마 전 그분의 삶을 반추한 다큐멘터리 영화 〈어른 김장하〉가 방영돼 관객들을 숙연하게 만들었다. L은 어른이란 성찰하는 사람이 아닐까, 생각한다고 말했다. 그런 사람은 겸손하고 경청할 줄 아는 사람일 거라고도 말했다. Y는 얼이 깬 사람이 어른일 거라고 말했다. 자신이 누군지 알고 싶어 하는 사람, 어떤 삶이 옳은지 갈등하는 사람이 어른일 거라고 말했다. K는 나를 도와 줄 사람이 없는 때를 알면 그때부터 어른이라고 말했다. 자신이 자신을 책임지게 될 때, 외로움의 무게를 지게 될 때 비로소 어른이 되는 거라고 했다.

우리는 서로의 생각을 들으며 다시 의견을 보탰다. 누군가는 어른이란 꼭 무엇이어야 한다고 틀을 지우는 게 싫다고 했고, 그래서 철들지 않은 상태로 살 수 있다면 그것도 좋지 않을까 생각한다고 말했다. 누군가는 멋진 말을 했다. 어른이란 역할이고 노릇이라서 어른을 필요로 하는 사람에게 어른이 되어줄 때 비로소 어른이 되는 게 아니겠느냐고 했다. 누군가는 지식은 적을지라도 지혜를 가진 사람, 즉 아는 척하는 사람보다 헤아려주는 마음을 가진 사람이 어른일 거라고 말했다. 누군가는 자신이 할 수 있는 일을 남한테 떠넘기거나 미루지 않고 자신이 해내는 사람일 거라고 말했다.

나는 자신 안에 있는 선과 악을 조절하고 통제할 수 있는 힘을 가질 때 진짜 어른이 된다고 생각한다. 인간이 선함만 가지고 있는 게 아니라 악함도 가지고 있다는 말은 둘 다 사용하라는 의미로 나는 받아들인다. 다만 그것을 적절하게 다스리며 사용할 수 있어야 어른일 것이다. 가여운 것을 보면 연민할 줄 알아야 하듯 불의를 보면 분노할 줄 알아야 한다. 선함을 가장한 무관심과 무감정이 팽배하는 사회일수록 무능하고 무도한 위인을 지도자로 세우기 쉽다. 선량하게 살려면 악을 방관하지 않는 책임과 용기가 있어야 한다. 연민하는 마음과 분노하는 마음은 하나의 마음이다.

나는 가장 먼저 손 내밀고 가장 나중까지 지켜봐 주던 어른을 기억한다. 언젠가 모든 사람이 어른이 되지만, 그냥 혼자서 되는 어른은 없다. 자기 내면에 각인된 어른의 모습을 배워서 어른이 된다. 그러므로 내가 지금 나도 모르게 누군가의 어른으로, 교본으로 살아가고 있다는 사실을 잊으면 안 된다. 어른이란 두렵고 낯선 일이지만, 그 듬직한 이름만으로도 위대하고 따뜻하지 않은가. •

그냥 혼자서 되는 어른은 없다.

자기 내면에 각인된 어른의 모습을 배워서

어른이 된다.

껍데기가 말하는 것, 이스트먼 존슨

　　　　　　　　　　세상에서 가장 무해한
나라로 알려진 부탄에 여행 갔을 때 우리 일행에게 두 명의
관광안내원이 배정되었다. 개별 여행이 금지된 나라라 그들
이 운전하는 차로 그들이 정한 코스대로 다녔는데, 거의 유서
깊은 종(Dzong, 사원) 순례였다. 사원에 들어가면 불상에 절하
고 종탑을 돌며 기도를 올리곤 했다. 가이드도 항상 같이 절
하고 기도했는데, 내가 그에게 무엇을 기원했느냐고 물어보
았다. 가난한 자와 세상의 평화를 위해 기도했다고 그가 웃으
며 대답했다. 나에게 그 말은 닿지 않는 아득한 거리의 말이
었다.

나는 늘 나와 내 가족의 안녕과 배부름을 위해 기도했다. 힘

들 땐 기적을 바랐고 운을 바랐다. 나는 기적이나 행운 같은 모호하고 실체 없는 말에 기대어 이기적인 삶을 도모했다. 지나놓고 보니 나의 삶은 순전한 나의 삶이 아니었다. 나를 응원하는 누군가의 격려가 있었고, 내가 이겨낼 수 있도록 도운 누군가의 선의가 있었다. 하늘이 아니라 사람만이 사람을 도울 수 있다는 것을 알고 나는 나를 위한 기도를 멈췄다. 기적과 행운과 구원은 구호와 구급과 구조의 다른 말이란 걸 알고부터 나는 부끄러운 기도를 멈췄다.

천사는 어떤 모습으로 우리 곁에 올까. 아무도 천사를 본 적 없으므로 각자의 방식으로 천사를 상상한다. 날개를 단 모습, 마법을 부리는 존재, 혼령의 이미지도 있다. 내가 생각하는 천사는 사랑의 다른 이름이다. 사람들은 사랑이란 어떤 모습일까를 상상하다가 어디든 필요한 곳에 쉽게 갈 수 있게 날개를 단, 시공을 초월하는 존재를 떠올렸을 것이다. 사랑이 살아 움직이는 생명체라면 사랑의 심장은 어디에 있을까를 나는 생각한다.

천사는 공기와 같고 물과 같아서 조화로운 삶이 무엇인지 인간에게 예시한다. 천사는 인간과 자연이 일치됐던 시절에는 존재감이 없다가 인간이 자연에서 멀어진 지금은 쉴 틈 없이 부름을 받는다. 각양각색의 생물종이 지구에 번성하고 있지만, 자만한 인류는 점점 더 종의 조화로움에서 멀어지고 있다. 나는 이 파멸적이고 부조리한 삶에서 벗어나는 가장 빠른 방법이 '선의'를 회복하는 일이라고 생각한다. 선의는 천사의 심장이다. 선의가 행동으로 표출돼 밖으로 드러난 모습을 '자선' 혹은 '기부'라고 한다. 기부를 삶의 일부로 받아들이면 천사의 심장을 갖게 된다. 인간만이 인간에게 천사가 되어줄 수 있기 때문이다.

신은 78억 명의 인간 모두에게 심장을 선물했다. 심장이 뛰는 한 사랑을 이행하라는 조건을 달고서. 생명에는 국경도 이념도 종파도 없다. 어떤 이들에게 천사는 깨끗한 식수이기도 하고, 어떤 이들에게 기적은 항생제 한 알이기도 하다. 500원이면 구하는 항생제가 없어서 죽어가는 인류가 있다는 건 인간종의 비극이다. 이런 슬픔을 외면하고도 나의 일상이 무사하다면, 그것은 다른 누군가가 나를 대신해서 희생하고 있다는 뜻이다. 나를 대신해 누군가가 죽어가고 있다는 뜻이다. ●

하늘이 아니라 사람만이

사람을 도울 수 있다는 것을 알고

나는 나를 위한 기도를 멈췄다.

성 엘리자베스 자선 단체, 바르톨로메오 스케도니

나는 요즘 말이 힘들다. 말이 많은 자리에 가면 금세 지친다. 거의 듣는 편인데도 지친다. 소란한 말들이 내 몸 안으로 굴러들어 와서 요란을 떨며 논다. 미친다.

말이 힘들어서 소란한 책들은 멀리한다. 가을 들어서는 주로 말수가 적은 책들을 읽는데, 이성복 시인의 《무한화서》와 일본 시인 다니카와 슌타로의 《이십억 광년의 고독》을 뜯어먹듯이 읽는다. 두 시인은 닮은 데가 있다. 글에서 느껴지는 차분한 성정도 그렇고, 형형한 눈빛도 그렇고, 무엇보다 말을 조심하고 아껴서 하려는 태도가 그렇다. 참으면서 골라서 말하는데 나는 그런 자세가 시를 쓰게 한다고 믿는다.

이성복 시인은 오래전부터 좋아했고, 다니카와 슌타로는 그가 쓴 동화책을 보고 좋아하게 됐다. 제목이 《구덩이》인데 심심해서 심오하다. 한 아이가 일요일 아침에 작은 삽을 들고 마당에 나와 구덩이를 판다. 구덩이를 파서 무얼 할 거냐고 가족과 친구가 묻는데 아이는 '글쎄' 하고는 이유 없이 계속 판다. 꽤 깊게 판 뒤에 구덩이 안에 들어가 앉아 하늘을 올려다본다. 구덩이에서 나온 아이는 구덩이를 메운다. 이건 내 구덩이야, 하고 생각하면서.

누구든 자신만의 구덩이가 있다. 그 구덩이는 목적성이 없다. 무용하기 짝이 없다. 우리 삶과 진배없다. 내가 태어난 목적이 없다. 구덩이를 파자 의미가 생겨났듯이 살아가자 이유가 생겨났다. 이유 없음이 이유인 구덩이를 파서 내 구덩이가 되었듯이 내가 무의미의 의미를 견뎌서 내 삶이 되었다.

인간의 고독은 휘어져 있고 끝없이 부푼다. 지구는 일요일 아침에 구덩이를 파고 덮기에 알맞은 행성이다. 나는 구덩이를 파서 한없이 많은 나의 말들을 집어넣고는 덮는다. 구덩이를 파도 파도 말이 남는다. 미친다. ●

구덩이를 파자 의미가 생겨났듯이

살아가자 이유가 생겨났다.

숲속 은신처, 니노 코스타

배롱나무에 꽃이 피었
다. 사위가 붉다. 배롱나무의 꽃차례는 무한화서다. 꽃이 꽃
가지를 따라 아래에서 위쪽으로 올라가면서 피는 걸 무한화
서無限花序라고 한다. 아랫부분에서 꽃이 피는 동안 머리 쪽은
계속 자란다. 무한히 자라고 핀다는 의미로 무한화서라고 부
른다.

장미나 백합처럼 한 송이씩 꽃을 피우는 유한화서도 있지만,
배롱나무가 무한화서로 꽃을 피우는 이유는 간단하다. 시간
을 늘려 꽃을 피우면 그만큼 타가수분 확률이 높아지기 때문
이다. 물론 무한화서라고 해서 무한히 꽃이 핀다는 뜻은 아니
다. 유한을 조금 더 늘렸을 뿐 유한한 건 마찬가지다. 무한화

서는 유한화서의 농담이고, 사랑에 대한 은유라는 게 내 생각이다. 사랑은 유한하고, 유한한 사랑은 무한을 꿈꾼다.

배롱나무 아래에서 피아니스트 류이치 사카모토의 산문집 《나는 앞으로 몇 번의 보름달을 볼 수 있을까》를 읽는다. 그가 세상에 남기고 간 마지막 책이다. 나는 몇 번이나 더 배롱나무꽃을 볼 수 있을까? 이런 작별의 예감은 삶이라는 직업에 태만했던 사람들을 꾸짖고 숙연하게 만든다. 사카모토는 이 책의 마지막을 이렇게 끝맺는다.

"이것으로 저의 이야기는 일단 마칩니다.
Ars longa, vita brevis. (예술은 길고, 인생은 짧다.)"

나는 책을 덮지 못하고 '일단'이라는 부사에서 한참을 머물렀다. 삶은 알 수 없는 것이고 누구도 장담할 수 없고 함부로 예단할 수 없으므로 '일단'이라고 썼을 것이다. 미련이 남아서라기보다는 확정된 죽음 속에도 삶은 일말의 가능성을 남겨두는 법이니까.

1952~2023, 그의 생몰연대다. 암 투병 끝에 그는 2023년에 생을 마감한다. 살아있는 현재형 인간에게는 생년과 함께 물

결무늬만 그려지는데 생을 마친 사람에게는 물결무늬 뒤에 마감연도가 박힌다. 꽃차례로 비유하자면 물결무늬는 무한화서이고, 마감연도는 유한화서인 셈이다.

무한화서란 꽃이 피는 동안에도 성장한다는 논리를 가지면서, 꽃이 지는 사이에도 씨앗이라는 종족의 번성이 존재한다는 의미를 지닌 개념이다. 삶이 유한하다는 걸 직시하게 만들려는 것이 아니라, 어떤 삶으로 삶의 유한성을 늘리며 살아가야 하는지를 생각하게 만들려는 것이다. 이것이 생몰연대의 표기 방식과 무한화서라는 은유가 말해주는 담담한 인생의 진실이다. ●

사랑은 유한하고,

유한한 사랑은 무한을 꿈꾼다.

자작나무 아래, 칼 라르손

어른이 보이지 않습니다

요즘 내 삶의 주제는 '어른'이다. 사전을 뒤적여 보면 어른이란 ①다 자란 사람, ②다자라서 자기 일에 책임을 질 수 있는 사람, ③인격과 신망이 높은 사람, 이렇게 풀이돼 있다. ①은 생물학적인 측면을 말한 듯싶고 ②는 법률적 측면에 해당하는 듯싶고 ③이 사회에서 말하는 이상적인 어른의 모습일 듯하다.

검색창에 어른을 쳐보면, 세상에 어른이 없다고 나오고, 어른들은 모른다고 나온다. Sondia가 부르는 〈어른〉이란 노래에는 "나는 내가 될 수 없단 걸 눈을 뜨고야 그걸 알게 됐죠"라고 나온다. 나 자신이 되는 게 어디 쉬운가. 어른이 되는 길은 각자의 길이라서 참고문헌이 없고, 가야만 하는 길이라서 험

난하고 고단하다.

내가 '어른'의 롤모델로 삼고 있는 친구가 있다. 명성이 자자한 소위 셀럽이다. 잘난 체하는 것도 없고 이웃집 아저씨처럼 수더분한데 생각은 늘 앞서 있다. 어떻게 자신을 육성했길래 이런 어른에 도달하게 됐을까, 만날 때마다 궁금증이 인다. 존경할 만한 친구를 가졌다는 건 축복이고 행운이다.

이 친구랑 내가 초대한 K랑 셋이 밥 먹는 자리가 있었다. 유명인을 만나 흥분해서 그랬는지 그날따라 K가 말이 많았다. 초면에 듣기 거북한 언사도 섞여 있었다. 나는 식사 자리가 편치 않았다. 친구는 전혀 개의치 않고 K의 말을 경청했다. 문득 언젠가 친구가 했던 말이 떠올랐다.
"나는 다양한 문화, 다양한 국적을 가진 사람들과 일을 하면서 사람에 대한 편견을 가지지 않는 게 리더의 자질이라는 걸 배웠어요. 이런 태도가 사업의 성패뿐만 아니라 삶을 살아가는 데도 영향을 미치죠."

우리는 너무 빨리 타자를 정의한다. 그 사람은 어떤 사람이야? 하고 누가 묻지도 않는데, 이미 대답할 준비가 끝나 있다. "글쎄? 잘 모르겠어. 사람이란 쉽지 않잖아." 이렇게 말

끝을 흐리고 의견을 유보하면 영민하지 못한 사람으로 인식될까 봐 서둘러 판단을 내리려고 한다. 학습된 관성은 무섭다.

타자를 섣불리 정의하는 사람은 언제든 자신도 함부로 규정되고 폄하될 수 있다는 걸 알아야 한다. 나는 친구를 통해서 '어른'이란 누구인가 하는 중요한 힌트를 얻는다. 어떤 기준과 규격으로 재단하지 않고 누구든 동등한 입장으로 보는 사람, 능력이나 성향의 차이가 인간성의 차이는 아니라는 믿음을 가진 사람. 어른이 된 사람은 있을 수 없고, 부단히 어른이 되어 가는 사람이 있을 뿐이다. ●

림태주 에세이

4부

어른이 되는 길은
각자의 길이라서 참고문헌이 없고,
가야만 하는 길이라서 험난하고 고단하다.

젊은 예술가에게 보내는 조언, 오노레 도미에

소녀는 아가씨가 되었다가 아주머니가 되었다가 할머니가 된다. 그런데 어머니 말에 의하면, 철들지 않는 소년은 소년이었다가 계속 소년이었다가 느닷없이 할아버지가 된다고 한다. 요즘엔 여성에게 아가씨나 아주머니라는 호칭을 쓰면 실례다. 그런데 할머니라는 호칭에는 거부감이 덜한 듯하다. 그나마 할머니를 할머니라고 부를 수 있어서 다행이라고 생각한다.

젊은 엄마와 아이가 아이스크림을 먹으며 사이좋게 걸어가고 있었다. 편의점 앞 파라솔 테이블에 앉아 우유를 마시고 있는 노인을 가리키며 아이가 엄마에게 낮은 소리로 말했다. "엄마, 저기 봐. 이상한 할아버지야."

엄마가 할아버지를 쳐다보고는 아이에게 타이르듯 말했다.

"음, 저건 이상한 게 아니라 아픈 거야."

노인의 용모는 말짱했는데 차림새가 남달랐다. 한여름 날씨에 두꺼운 겨울 코트를 입고 있었다. 계절 감각이 고장 난 상태이니 아픈 할아버지로 교정해 주는 게 맞다는 생각이 들었다.

나도 머지않아 지나가는 아이로부터 이상한 할아버지로 불리게 될 것이다. 혈족관계로서의 호칭을 떠나서 누구나 늙으면 할머니가 되고 할아버지가 된다. 나는 소년이 자라서 엄마 몰래 청년이 되고 아저씨가 되고 느닷없이 할아버지가 되는 광경이 경이롭고 황홀하게 느껴진다. 이것은 생물학적 측면에서 아름다운 일이고 인생이라는 측면에서도 의미심장하다. 이 성장의 전 과정을 유일하게 목격한 사람이 자신뿐이라는 사실, 자신의 육신이 하루도 빼놓지 않고 겪고 느껴서 이룩한 성과라는 점에서 진귀하고 의의가 깊다.

모든 생명체는 되어간다. 이것에서 저것으로 바뀌는 게 아니라 이것에서 저것으로 자라는 것이다. 동사의 어미가 변하는 것을 바뀐다고 하지 않고 활용한다고 한다. 살려서 응용하는 것이다. '되'는 바꿈 없이 그대로 두고, '되고, 되어서, 되니, 되는' 등으로 적용하며 살아가는 것이다. 그렇게 할머니와 할아버지가 된 사람들은 말한다. 이것은 보기 좋게 잘 '된' 일이라고, 내가 변함없이 나여서 잘 '되었다'고.

사람은 나에서, 보기 좋은 나로 되어간다. ●

소년이 자라서 할아버지가 되는 광경은
경이롭고 황홀하다.
이것은 아름다운 일이고 의미심장하다.

인간의 세 가지 시대, 조르조네

물론 나도 '좋은 사람'

이 되고 싶다. 나도 한때 인생의 목표를 좋은 사람이 되는 것

으로 삼았다. 좋은 사람의 '좋은'이란 아마도 인상 같은 걸 말

할 것이다. 처음에 좋으면 다 좋은, 그런 직감 같은 것. 그런

이미지나 평판을 위해 더 잘하고 더 도움을 주고 더 신경 쓴

다. 남에게 잘하는 것이 나에게 잘하는 것이다. 훌륭하게 보

이도록 선량하게 보이도록 노력한다.

'좋다'는 말이 모든 사물이나 개념에 붙을 수 있듯이 사람에

게도 붙을 수 있다고 생각한다. 언어적으로는 성립할 수 있다

고 인정한다. 그러나 '좋은 사람'이란 있을 수 없다고 나는 생

각한다. 내가 '좋아하는' 꽃이나 동물이나 과자나 음식이 있

듯이 좋아하는 사람이 있는 것이지, 좋은 새우깡, 좋은 민들 레, 좋은 사람이라는 것은 무리하다고 생각된다. 알아가다 보니 좋아지고, 좋아져서 좋아하게 되는 사람이 있는 거지, 처음부터 좋고 나쁘고가 정해진 '좋음'이 있을 수 있겠는가. 좋음이란 (내가) 좋아함이다. 그 목적어가 사람이라면 더더욱. 내 감정으로 내 의지로 내가 (좋아)하는 것이다.

누군가에게 '좋은 사람'이라고 명명하는 것도 하나의 '굴레' 일 수 있다. 사람은 늘 잘하면서 살 수 없고, 늘 착하게 살 수도 없다. 주로 도덕적일 수 있으나, 때로 부당하고 불의해질 수 있다. 나에게 좋다고 다른 사람에게 좋다는 법도 없다. 그래서 누군가를 좋은 사람이라고 특정하고 단정하는 게 위험하고 성급한 일이 될 수 있다. 좋은 사람이란 '좋아하는 사람' 을 축약한 말이어서 내가 좋아하는 사람이 있을 뿐이지 모두가 좋아하는 '좋은 사람'이란 있을 수가 없다.

어떤 프레임이든 그것은 사고의 체계가 되고 제약 조건이 되고 해석의 구조가 되어 갇히는 순간 뻣뻣해진다. 나도 한때는 어떻게 말하고 어떻게 행동해야 남들에게 좋은 인상을 주고 좋은 사람으로 인정받을지 무척 신경 쓰면서 살았다. 사회적 관계들이 내게 씌운 좋은 사람 프레임에서 나는 한동안 헤어나질 못했다. 만약 그때 내가 무언가를 좋아하는데 더 많은 시간을 쓰고, 내가 좋아하는 무엇을 위해 더 정성을 쏟았다면 내 삶이 훨씬 풍성해졌을 것이다.

사실 차별 없이 공평하게 좋아하기가 더 힘들다. 남에게 잘 보이는 일보다 진심으로 좋아하는 일이 더 어렵다. 좋아하는 게 많은 사람, 있는 그대로 받아들이고 좋아할 줄 아는 사람, 이런 사람이 결국 '좋은 사람'이 될 가능성이 높다. 그러므로 좋은 사람이 되고 싶거든, 무언가를 참으로 사랑하고 무언가를 두루 좋아하는 사람이 되어 볼 일이다. ●

차별 없이 공평하게 좋아하기가 힘들다.

남에게 잘보이는 일보다

진심으로 좋아하는 일이 더 어렵다.

블랙 포레스트 커피 파티, 프리츠 레이스

소파는 인격을 가진 생명체처럼 느껴진다. 벽면을 바라보고 스스로 자리를 정해 앉아있는 것 같다. 소파의 세계에서는 사람과 사람이 마주 보지 않는다. 모두 같은 방향을 보거나 서로의 옆면을 보는 것만 허용된다. 소파는 자신이 바라보는 관점으로 사람의 시선이 동조화되길 원한다. 소파의 세계에서 인간은 주체가 아닌 객체가 된다.

소파 대신 긴 직사각 테이블이 거실에 놓여 있는 집이 있다. 테이블 길이에 맞춰 의자들이 배치돼 놓이게 된다. 식탁의 용도와 달라서 테이블 의자 개수는 통상 가족 구성원의 범위를 뛰어넘는다. 이는 관계의 확장성을 의미한다. 의자는 외부의 세계를 내부로 끌어들이는 통로 역할을 한다. 서로 마주 보며 앉는 테이블 의자는 소파와 달리 개별적 독립성과 유대감을 동시에 제공한다.

도시 곳곳에 카페가 번성한 이유가 소파 문화 때문이 아닐까 하고 나는 추측한다. 카페에 가면 탁자와 의자를 커피 한 잔 값에 빌릴 수 있다. 혼자든 여럿이든 서로 마주 앉기에 적합한 의자가 카페에 있다. 그래서 거실 테이블의 의자 역할을 카페 의자들이 대신 수행한다. 카페는 거실 문화의 연장이고 공유 공간의 개념이 있다.

의자는 신비한 물건이다. 내가 앉는 의자가, 내 의자의 위치가 내 의식을 지배한다. 의자는 용도에 따라 각기 다른 삶에 관여한다. 식탁 의자는 생명의 파동을, 소파는 휴식과 비움을, 테이블 의자는 관계의 화음을 이룬다. 분명한 건 의자의 개수만큼 인생의 교역이 발생한다는 것.

의자는 욕망하는 섬이다. 부표처럼 그 자리에 정박해 있지만 간절하게 누군가를 호명하며 흐른다. 때로는 자기 내면의 고독에 침잠하지만, 끊임없이 먼바다를 향해 출항한다. 섬이 섬을 만나 뭍이 되듯이 의자는 의자를 만나 인생이 된다. ●

의자는 신비한 물건이다.

내가 앉는 의자가, 내 의자의 위치가

내 의식을 지배한다.

첫눈의 약속

        사진 한 장이 휴대폰 화면에 뜬다. 추억을 제공하는 스마트폰의 기특한 기능이다. 십일월에 누군가가 나를 찍었던 모양이다. 사진 속의 내 눈빛이 그윽하고 잔잔하다. 생각난다. 그때 내가 바라보는 계절이 좋았고, 내 손등을 간지럽히는 햇살이 좋았고, 나를 찍고 있는 카메라의 고요가 좋았다. 그중 가장 좋았던 것은 그 시간에 같이 있었던 사람들이다. 그중 가장 애틋했던 것은 내 눈에 어린 십일월의 빛이다. 매년 맞이하는 십일월이지만, 그 십일월의 사람들과 그 십일월의 빛은 돌아오지 않는다.

십일월은 기러기의 달이라고 불렸다. 기러기가 수확이 끝난 논바닥에 앉아 벼 낱알을 추수하는 달이다. 기러기가 몸 안의 기름샘을 열어 깃털에 바르고 물에 젖지 않게 날개를 채비하는 달이다. 십일월의 기러기는 은사시나무의 푸르고 노란 일생을 눈에 담아 선연히 기록해 둔다. 북방으로 물고 갈 편지에는 우표 대신 붉나무 잎사귀를 붙이고 발자국으로 소인을 찍어둔다. 아직 온기가 남아있는 가을볕과 깊게 포옹을 나눈다. 호랑가시나무 붉은 열매를 땅속 깊이 묻어 다시 돌아오겠다는 다짐을 징표로 남긴다. 십일월의 기러기가 그리움의 편대를 이루어 이륙하면 끼룩끼룩 우는 소리들이 하늘로 흩어져 십이월에 첫눈으로 쏟아진다.

성분 분석을 해보면 첫눈에는 미량의 물과 다량의 기러기 울음소리와 순도 백 퍼센트의 그리움이 함유돼 있다. 까닭에 첫눈은 먹어도 아무런 탈이 없다. 첫눈은 먹어도 살이 찌지 않는다. 첫눈은 먹어도 그립고, 먹어도 허기지고, 먹어도 허허롭다. 그래서 첫눈 오면 만나자고 약속을 하고 같이 저녁을 먹자고 한다. 첫눈 오면 식탁에 첫눈 요리를 예쁘게 차려서 그 다정한 눈빛들을 초대해야겠다. 깔깔대며 숟가락을 부딪치며 첫눈을 먹는 그날의 사람들을 사진에 담아둬야겠다. •

첫눈에는

미량의 물과 다량의 기러기 울음소리와

순도 백 퍼센트의 그리움이

함유돼 있다.

첫눈. 프리스 쉬베리

        템플 스테이를 마치고 산에서 내려와 가장 먼저 들른 곳은 미용실이다. 정갈하게 산발을 정리하고 싶어서 갔더니 낯선 분이 맞는다. 전에 있던 원장님은 이민을 가고 자신이 가게를 인수했다고 한다. 곧 떠날 거라는 얘기는 들었지만 막상 없으니 당황스러웠다. 스타일을 어떻게 하면 되겠느냐고 묻는데 잠시 막막해졌다. 거울 앞에 앉으면 척척 알아서 해줬던 터라 어떻게 해달라고 설명을 해본 적이 없어서 난감했다. 눈치를 챘는지 이리저리 답안을 제시하신다. 익숙한 관계, 혹은 편안한 사이가 얼마나 고마운 시간의 선물인지 새삼 느꺼워졌다. 웨이브가 낯설지만 그런대로 잘 나왔다.

회사 인근에 정해해장국이 있다. 다닌 지 꽤 오래된 식당이다. 정해는 그 집 따님 이름일 거라고 추리한다. 이십여 년 전부터 고왔는데 그래서 자주 갔었는데, 지금은 주방 아주머니가 정해 씨일 거라고 상상한다. 나는 이런 혼자만의 허구를 가게 이름에다 붙여서 단골을 삼는 버릇이 있다. 그러면 그 집 음식이 곧 익숙해진다. 아무튼 정해 씨가 끓여내는 해장국은 여전히 칼칼하고 깊고 그리운 맛이다.

거리에 우체통이 사라진 지 오래다. 3개월 동안 우편물이 한 통도 없으면 그 우체통부터 철거했다고 들었다. 사람이 편지를 부치지 않아서, 사람이 동네 서점에 가지 않아서, 사람이 동네 국밥집에 가지 않아서 사라지는 것들. 거리에 전통이 없고 낭만이 없고 이야기가 없다. 온통 새롭고 반듯한 것뿐이다. 그건 숲이 없고 공기가 없다는 말과 다를 바 없다. 허파도 없이 우리는 잘 산다. 귤처럼 쉽게 상하는 일도 없다. 잘 사는 것 같은데 점점 외롭다.

다 변하지만, 너무나 빠르게 바뀌지만, 한두 가지쯤은 변할 줄 모르고 끈덕지게, 후지게 남아있으면 좋겠다는 생각을 한다. 나의 정해 씨 같고, 나의 원장님 같고, 나의 우체통 같고, 나의 서점 같은 사람들이 사는 곳. '나의 것'이라고 이름 붙일

오늘 사랑한 것

별

299

수 있는 장소의 서사가 있는 곳.

나는 환생한다면 다른 행성이 아니라 지구별로 다시 오려고
한다. 단지 내가 아는 사람들이 여기에 살고 있다는 이유 하
나면 충분하다. 돌아와선, 그동안 잘 지내셨냐고 대수롭지 않
게 인사하겠지. 그들이 설령 나를 기억하지 못할지라도 그동
안 얼마나 보고 싶었는지 모른다고 혼잣말을 하면서 그렁그
렁해지겠지. ●

허파도 없이 잘 산다.

굴처럼 쉽게 상하는 일도 없다.

잘 사는 것 같은데 점점 외롭다.

생선을 요리하는 여인, 악셀리 갈렌 칼레라

　　　　　　　　　　　　요즘은 괜찮은 죽음, 품
위 있는 죽음에 대해 생각해 보곤 한다. 품위라는 말은 고상
해서 아연 조심스럽다. 지나간 시간은 손댈 수가 없으니, 앞
으로 다가올 시간을 어떻게 살아내는가에 따라 품위가 결정
될 것이다. 즉 품위란 괜찮은 늙음으로, 자유롭고 즐거운 할
아버지로 남은 날들을 채워갈 하나의 목표인 것이다.

끝물이란 그해의 맨 마지막에 나오는 채소나 과일 같은 걸 말
한다. 끝물 상추, 끝물 토마토, 끝물 복숭아. 끝물 열매는 뿌
리 힘이 약하고 광합성을 하는 잎들도 시들어 가는 때라 전성
기 때와는 사뭇 다르다. 모양도 볼품없고 크기도 작고 윤채도
떨어진다. 농사꾼들은 끝물을 내다 팔기는 힘드니 자신들이

먹거나 가축에게 주거나 방치하기 십상이다.

토마토가 끝물이다. 가지도 끝물이다. 이제 서리가 내리면 선 채로 시들어 갈 것이다. 끝물 토마토를 베어 무니 단물이 입 안에 가득 고인다. 끝이라고 생각했는데 끝물은 끝이 아니라 단물의 절정이었던 것. 가을이 여름의 끝물인 것처럼, 노을이 해의 끝물인 것처럼.

나는 나의 끝은 어떠해야 할까를 생각해 보곤 한다. 나는 인간의 삶에 해피엔딩은 없다고 생각하는 쪽이다. 해피엔딩처럼 보일 뿐, 카메라 앵글을 걷고 나면 세드엔딩이 적나라하게 펼쳐진다. 이것은 낙관적이냐, 허무적이냐를 떠나서 유한성에 승복하지 못하는 인간의 욕망에 기인한다. 질병으로든 노화로든 사고로든 어떻게든 죽음을 맞는다. 그 마지막이 타의에 의해 마감될 것이냐, 아니면 내가 스스로 마무리할 것이냐만 남는다.

품위 있는 죽음으로 마무리하려면 떠날 때의 모습을 내가 결정할 수 있어야 한다. 모든 인간의 뒷모습은 세드엔딩일지라도 나의 마지막이 당당하기를 바란다. 내가 나를 방치하지 않고 나에 의해 결정되기를 바란다. 아름다움은 없더라도 적어도 인간적인 죽음의 모습은 그러해야 하지 않을까 생각해 보는 것이다.

나는 가끔씩 마지막 날의 나를 떠올려 본다. 그날 정신이 혼미하거나 손아귀의 힘이 쇠약해 할 수 없을 일들이 있을 것이다. 누군가를 껴안아 보는 일, 책장을 넘기는 일, 음악 파일을 여는 일, 국물을 흘리지 않고 밥을 먹는 일. 그러면 오늘 내가 해야 할 일이 무엇인지에 대해서 분명하게 알게 된다. 죽음의 품위란 있을 수 없고 삶의 품위만 가능하다는 것도 알게 된다. ●

죽음의 품위란 있을 수 없고
삶의 품위만 가능하다.

방 문. 펠릭스 발로통

우울증과 자살의 상관관계에 대한 리포트를 읽었다. 역사적으로든 현재 지표로든 인간은 살해당하는 사람보다 자살하는 사람이 더 많았다. 성인층 전 세계 남녀 모두 전쟁으로 죽는 사람보다 자살로 죽는 사람이 더 많다. 2021년 통계에 의하면 한국은 한 해 1만 3천여 명이 자살했다. 10만 명당 26명으로 세계 1위다. 2024년 1월엔 한국에서 1,306명이 자살했는데 역대 최고치였다고 한다. 전문가들은 공동체가 붕괴되고 있다는 신호로 받아들인다.

자살은 스스로를 살해한다는 윤리와 범죄의 측면도 문제지만, 더 심각한 건 자살 감염의 문제를 일으킨다는 점이다. 희생자와 가까운 사람들 중에서 자신을 희생자와 동일시해 연쇄 자살을 하는 일이 빈번하게 발생한다. 자살은 혼자만의 죽음에 그치지 않고 타인에게 치명적인 악영향을 미친다.

그럼에도 불구하고 내가 계속 살아간다는 것은 내가 사랑하는 사람들이 계속 살아가도록 돕는다는 뜻이 된다. 우리는 이 점을 자주 놓친다. 내가 살아있는 것이 네가 살아가는 일에 기여한다는 것. 이토록 먹먹하고 엄숙한 삶의 연대와 연결성을 잊고 산다.

삶은 그 누구의 것이든 한 사람도 빼놓지 않고 '고통'이 기본 값으로 코딩돼 출력된다. 그래서 삶은 대부분의 시간 동안 고통의 궤도를 벗어나지 않는다. 제각기 고통에 맞서는 법을 개발하고 행복의 철학을 만들고 순간순간 고통에서 탈주하는 연습을 한다. 견디는 과정이 힘들 뿐 견디는 일이 아주 불가능한 것은 아니다. 용기와 위로가 필요한 일이라서 '사랑'이라는 치료약도 발명됐다.

살아감의 괴로움은 잠시 잊을 수는 있지만 어떤 경우에도 삶에서 제거되지 않는다. 그럼에도 지지 않고 우리는 계속 살아간다. 사랑하는 사람들을 위해서, 혹은 나를 살리기 위해서.

내가 살아감으로써 살아갈 수많은 동료 인간들을 위해서. 모두가 그렇게 의무를 지고, 서로의 생존을 도우며 살아간다. 그러니 당신도 나처럼 지지 말고 이 마땅한 삶을 살아내 주기 바란다. 죽지 말아라, 제발 당신에 의해서는. ●

지지 않고 우리는 계속 살아간다.

사랑하는 사람들을 위해서,

혹은 나를 살리기 위해서.

슬픈 소식, 월터 윌리엄 아울리스

조향사라는 직업이 있
다. 18세기 프랑스를 배경으로 한 파트리크 쥐스킨트의 소설
《향수》에 나오는 주인공 그르누이가 바로 향기를 제조하는
사람, 조향사이다. 조색사라는 직업도 있다. 페인트 가게에
가면 페인트를 섞어 원하는 색상을 조합해 주는 조색기계가
있다. 도료에 용제와 수지를 첨가해 소비자가 요구하는 색상
으로 일치시키는 작업을 반복하는데, 이런 색채 관련 일을 하
는 사람을 컬러리스트, 혹은 도료조색원이라고 부르기도 한
다. 조향사나 조색사는 후각이나 시각의 관능을 연마한다는
점에서, 새로운 향과 색을 상상해낸다는 점에서 매력적인 직
업이다.

나는 이 두 직업의 원조가 태양이라고 생각한다. 태양은 햇빛 가루를 레미콘 같은 데에다 싣고 다니다가 색과 향을 주문하는 곳이면 어디든 달려가 쏟아붓는다. 지구의 모든 사물이 원하는 대로 각각의 취향과 그날의 기분에 맞춰 색과 향을 조합하고 조제해 배달해 준다. 태양이 지금껏 실수 없이 이 일을 수행해 낼 수 있었던 이유는 뛰어난 배합기술, 조율 능력 덕분일 것이다. 최적의 물리적 거리를 찾아내 지구에 생명체가 존속할 수 있도록 조율한 것도 태양의 업적이다.

태평양 한가운데 투발루라는 왕국이 있다. 인구 만 명 정도의 섬나라인데 지표면 높이가 해발 3미터에 불과해 지구상에서 가장 먼저 사라질 위기에 처했다. 이 나라는 자급자족하며 코코넛을 수출해 살아왔는데 해수면 상승으로 식량을 재배할 표토층이 사라져 수입 식품과 빗물에 의존해 살아간다. 투발루는 기후 위기의 상징이기도 하지만 또 다른 재앙은 썩지 않는 산업 문명의 쓰레기 더미에 깔려 침몰하고 있다는 점이다. 자동차가 들어오고 공산품이 들어오고 플라스틱과 비닐봉지가 활주로를 타고 들어와 작은 섬나라를 주저앉히고 있다.

태양의 조율 능력의 핵심은 적당함이다. 투발루는 인류 멸망의 공식을 고스란히 보여 준다. 기후 위기는 너무 세찬 비와 너무 마른 비와 너무 뜨거운 햇볕으로 흙을 사라지게 하고 옥수수와 밀을 하얗게 말려 죽인다. 인류는 아마도 바닷물에 잠겨 죽기 전에 식량과 핵 전쟁, 쓰레기의 공격으로 먼저 죽게 될 공산이 크다. 이것은 명백한 인류의 죄악이고 인류의 범죄다. 만물의 영장이라고 떠벌리던 인류의 조율 실패다. 그 어느 것 하나 적당함이 없었다.

아마도 태양의 계획은 지구에서 인간을 제거하는 일이 아닌가 싶다. 인간을 지상에서 솎아내려는 태양의 임무가 슬프지만, 반론의 여지 없이 타당해서 차마 억지를 부려볼 엄두가 나지 않는다. 인간은 그동안 탈도 많았고 잔망스러웠고 욕심이 지나쳤다. 나와 당신, 우리 모두의 속죄가 너무 늦지 않기를 바랄 뿐이다. ●

태양은 햇빛가루를 레미콘 같은 데에다 싣고 다니다가

색과 향을 주문하는 곳이면

어디든 달려가 쏟아붓는다.

향수 제조사, 루돌프 에른스트

섬의 서쪽은 넓고 아름
다운 해변에 접해 있어서 관광 시설과 고급 전원주택이 즐비
했다. 석양이 비칠 때 섬의 서쪽에 가면 온갖 레드 계열의 노
을이 바다 위에 전시되었다. 주말이면 관광객이 북적댔고, 속
속 자본이 유입돼 건물이 올라갔다.

어느 날 섬마을 북쪽에 조그만 빵 가게가 들어섰다. 거기서
만든 '노을빵'은 잘 팔렸다. 작명 덕도 봤지만, 건강한 재료를
썼고 빵 맛도 좋았다. 노을을 보러 온 관광객들이 빵 맛을 보
려고 일부러 들르는 코스가 되었다. 얼마 지나지 않아 노을빵
은 위기를 맞았다. 자본을 앞세운 빵공장이 서쪽 해변에 들어
섰고, 똑같이 '노을빵'을 만들어 팔았다.

후발주자인 석양제과의 마케팅 전략은 단순했다. 어떻게 북쪽에 있는 빵 가게에서 노을이 들어간 빵을 만들 수 있느냐는 논리를 폈다. 석양제과 공장을 뒤덮은 몽환적인 노을 사진을 박아넣은 빵 봉지에는 "진짜 노을이 들어 있어요"라고 인쇄돼 있었다. 감성적인 홍보는 먹혔다. 노을은 서쪽에 있어야 한다는 관념은 막강했고, 원조 노을빵의 정직은 통하지 않았다.

북쪽의 노을빵은 사라졌고, 서쪽의 노을빵은 막대한 부를 축적했다. 맛이 별로여도 슬그머니 가격을 올려도 하나밖에 없는 섬의 명물 빵이 되었으므로 불티나게 팔렸다. 단 일 그램의 노을도 섞여 있지 않지만, 사람들은 석양제과의 노을 아이스크림과 노을 빙수와 노을 초콜릿에서 확실하게 노을 맛을 느낀다.

자본은 환상을 가공할 수 있고, 상상마저도 독점할 수 있다. 사람들은 의심 없이 크고 화려한 자본의 말을 믿는다. 지구는 그대로인데 인간이 만드는 것들은 점점 거대해진다. 큰 것이 큰 것을 잡아먹고 더 배고픈 괴물이 된다. 작은 것은 작아서 아름다운 게 아니라 사라져서 아름다운 것이다. ●

별

자본은 환상을 가공할 수 있고, 상상마저도 독점할 수 있다.

사람들은 의심 없이 크고 화려한 자본의 말을 믿는다.

구름, 아드리앙 루이 드몽

돈을 빌려달라는 지인이
있었다. 사연이 딱했고 급해 보였고 그리 큰돈이 아니었다.
생색내지 않고 빌려주었다. 꽤 깊숙하고 괜찮은 관계였다. 이
후 몇 차례 더 시달렸다. 그에겐 신의와 신용이 없었고, 나에
겐 자비심과 자산이 모자랐다. 돈이 그와 나의 도타운 우애를
망가뜨렸다.

돈은 참 기묘한 물건이다. 사람을 비굴하게 만들고 우쭐하게
만든다. 살리기도 하고 죽이기도 한다. 삶에서 일어나는 별의
별 골칫거리들을 따져놓고 보면 거개가 돈 문제이고, 대개의
해결책도 돈에 있다. 일생 내내 끈덕지고 완고하게 삶의 문제
에 끼어드는 게 돈이라서 돈에 대한 원칙이나 태도를 결정하

지 않고서는 늘 헤매게 된다.

나는 '돈을 빌리는 것도 능력'이라는 말만큼 해괴한 말이 없다고 생각한다. 나도 금융기관에 자금을 융통하러 다닌 적이 있지만, 그건 능력이 아니었다. 능력이 있으면 빌리기 위해 읍소하고 엎드려 빌어야 할 필요가 없다. 사람에게 빌리는 건 구차하고 면목 없다고 하지만, 은행에서 빌리는 건 신용 있고 능력 있다고 치켜세운다. 다 잇속이 있어서 그렇게 말하는 것인데 진짜 그런 줄 알면 이자를 상납하느라 짓눌려 살게 된다. 엄밀히 말해 돈을 빌리는 건 '투기'다. 갚는 것 이상으로 벌면 투기에 성공한 셈이지만, 미래를 미리 당겨서 배팅하는 게임이라서 '도박'이기도 하다. 대개는 그 도박이 더 큰 부채를 끌어들이는데, 그러면 인생이 빛이 아니라 빚으로 뭉그러진다.

인간의 삶은 간명하다. 수확과 교환, 수입과 지출의 명쾌한 논리로 구축돼 있다. 이 원리를 바탕으로 내가 돈에 대해 내린 정의는 단순하다. 돈이란 시간을 환산한 것으로 시간은 빌릴 수 없고 내가 시간을 벌어들인 만큼만 사용할 수 있다. 일을 해서 돈을 벌려면 시간과 능력과 몸을 써야 하는데, 이것만큼 정당하고 정의로운 것이 없다. 돈으로 돈을 버는 파생금

융이 인간의 탐욕을 부추겨 불평등의 나락으로 몰아넣기 전
까지 삶을 이루는 근본 원리는 단 하나였다. 일해서 벌고, 벌
어서 쓴다.

자기 힘으로 벌어서 먹고사는 주체를 '독립체'라고 하고, 독
립적 존재가 가진 자기보존의 권리를 자존권이라고 한다. 자
존의 권리는 돈으로 살 수 없고, 오직 스스로 생존하려는 힘
에 의해서만 획득된다. ●

돈이란 시간을 환산한 것으로

시간은 빌릴 수 없고

내가 시간을 벌어들인 만큼만 사용할 수 있다.

대금업자와 그의 아내. 쿠엔틴 메치스

좋아하는 노래를 듣는
다, 좋아하는 음식을 찾는다, 좋아하는 옷을 입는다, 좋아하
는 사람을 만난다. 이 문장들은 현재형의 모습을 하고 있지만
실은 과거부터 검증해 온 '좋아하고 있었던' 것들이다. 이 과
거의 지배력이 강해지면 좋아하는 노래만 듣고, 좋아하는 음
식만 먹고, 좋아하는 사람만 만나게 된다.

새로운 시도는 위험천만한 모험이다. 섣불리 지금의 영역
을 벗어나지 않는다. 익숙한 관습, 안정된 체제에서 되도록
머문다. 복잡한 경우의 수를 따져 행동하는 것보다 단선적
이고 직관적인 감각의 판단에 맡긴다. 이것은 취향의 노화
이다.

진실의 노화도 있다. 진실은 결코 단순하지가 않다. 그래서 빨리 드러나지 않는다. 매우 다면적이고 다각적이다. 여러 개의 얼굴을 가지고 있고, 여러 개의 뿔을 가지고 있다. 정황에 따라 진실의 모습이 다르고, 방향에 따라 진실의 모습이 다르다. 그래서 서두르는 자에게 진실은 언제나 오해를 불러일으킨다. 가짜가 와서 진실의 대역을 맡기도 한다.

멀리 가지 않는다. 멀리 가서도 돌아올 일을 먼저 생각한다. 가까운 데 가더라도 여기의 것들을 완전히 놓고 가지 못한다. 점점 붙들린다. 붙잡아 주기를 바란다. 이곳의 생각으로 저곳을 불평하고 저곳의 인상으로 이곳을 폄훼한다. 추상을 사유하는 힘은 떨어지고 피상을 믿고 따른다. 몸의 쾌락으로 영혼의 허기를 달래려고 한다. 관광은 여행의 노화다.

사물은 보이는 것보다 훨씬 가까이 있다. 물속에 손을 넣으면 굴절되지만 손목이 꺾여서 못 쓰게 되지는 않는다. 본능적인 사람이 된다는 건 슬픈 일이다. 본유의 관능과 심증으로만 세상사를 판별하려 드는 일이 인생의 노화다. ●

과거의 지배력이 강해지면

좋아하는 노래만 듣고, 좋아하는 음식만 먹고,

좋아하는 사람만 만나게 된다.

의자에 앉아 신문을 읽고 있는 노인, 작자 미상

이 글의 제목을 '우리에겐 시간이 많지 않다'로 할지 '우리에게 두 번은 없다'로 할지를 고민했다. 시간이 빠듯하게 남아있는 건 어쩔 수 없다. 수학자들이 모여서 그 누구도 풀 수 없는 난제를 만들어 두었다고 한다. 풀 수 없다고 믿었던 문제들이 하나둘씩 풀려버려서 자신들이 가지고 놀 문제들이 없어지자 그렇게 했다는 것이다. 역설적이게도 모든 풀 수 없는 문제는 반드시 해답을 가지고 있다는 뜻이 된다. 풀 수 없으면 문제가 오류라는 뜻이고, 그건 문제가 아니라는 것을 말한다.

퍼머컬처Permaculture 수업 시간에 선생님이 말했다. "풀은 비어 있는 땅을 그대로 두지 않아요." 퍼머컬처는 자연과 사람의 영속적인 관계를 사유하고 디자인하는 기후 행동의 일환이자 자연 농법이다. 나는 "비워둔 땅에는 풀이 가리지 않고 나서 골치가 아파요"라고 말한다. 선생님의 말은 인간의 관점이 아니라 자연의 관점에서 보는 말이다. 나의 말은 풀을 인간의 적으로 간주하는 말이고, 없애야 할 대상으로 삼는 말이고, 땅은 비워두지 말고 멀칭을 해서 덮거나 항상 경작해야 한다는 뜻의 말이다.

흙 1센티미터를 만드는 데 100년의 시간이 걸린다고 한다. 시간이 그토록 오래 걸리는 일을 지구는 묵묵히 해 왔는데 인간의 농업은 불과 100년 남짓의 시간으로 지구의 흙을 유실해버리고 오염시켜버렸다. 바람을 막고 비를 막아 흙을 거머쥐고 있어야 할 나무를 너무 많이 베어냈다. 흙이 사라지면 물을 가둬 둘 수가 없고 탄소를 가둬 두지 못한다. 흙이라는 문제를 풀지 못하면 우리에게 두 번은 없다.

앞으로 몇 번이나 눈 내리는 풍경을 볼 수 있을까? 우리는 초록을 계속 볼 수 있을까? 우리는 곧 사과도 배추김치도 먹기 힘들어질 것이다. 눈은 너무 귀해서 눈 사진이라도 많이 찍어둬야 할 지경이다. 초록이 눈송이에게 하는 말을 듣는다. 우리 좀 더 버티자. 초록이 태양에게 하는 말을 듣는다. 우리 더

워지지 말자. 햇살이 초록에게 말한다. 관절이 다 분질러질 지경이라고, 예전에는 지상의 초록이 푹신푹신했는데 지금은 딱딱한 시멘트바닥 같다고. 지구로 간 모든 사랑이 비상이고 불시착이라고. ●

햇살이 초록에게 말한다. 관절이 다 부러질 지경이라고.

예전에는 지상의 초록이 푹신푹신했는데

지금은 딱딱한 시멘트바닥 같다고.

수확하는 사람, 스테판 시모니

밤은 생각했다. 자신이
너무 밝다는 것을. 피부에서 빛이 나는 질병이 점점 깊어진다
고 생각했다. 밤은 완전히 깜깜해지고 싶어서 도시를 떠나 시
골로 피신하고 싶었다. 대낮처럼 환한 자신의 몸을 보면서 밤
은 한없이 외로워졌다. 두드러기처럼 희게 돋는 반점이 간지
러워 잠을 이루지 못했다.

봄은 생각했다. 자신이 너무 빨리 왔다는 것을. 어쩔 줄 몰라
안절부절못하는 나무들을 보면서 미안해졌다. 아직 동면중
인 파충류들을 서둘러 깨우면서 미안해졌다. 식물도 동물도
몸의 감각과 경험이라는 게 있어서 미리 때에 맞춰서 준비하
는 존재들인데 생각할 겨를을 주지 못한 게 미안했다. 충분히

림태주 에세이

준비하지 못했으므로 자신을 맞이하는 일이 부실할 수밖에 없고, 서두르느라 듬성듬성 절차가 무시될 수밖에 없다는 걸 인정해야 했다.

눈은 생각했다. 자신의 눈물이 마르고 있다는 것을. 지상의 헐벗은 땅을 봐도 연민이 일지 않고, 등뼈를 드러낸 산맥의 앙상한 몸을 봐도 녹아가는 빙산을 봐도 눈물이 흐르지 않는 자신이 슬펐다. 덮어줘야 하는데 광선에 화상을 입지 않게 막아줘야 하는데 저들을 보호해 줘야 하는데 마음이 점점 얼어붙는 자신이 원망스러웠다. 인공눈을 만들어 썰매를 타는 인간들이 가엾다는 생각이 들었다.

구름은 생각했다. 자신의 감정 변화가 심각하다는 것을. 기분이 좋을 때는 너무 들떠서 하늘 높이 오르고, 우울할 때는 너무 낮게 가라앉아 울음을 쏟아내는 조울증이 갑갑하고 답답했다. 자신의 기분을 두고 인간들은 100년만의 가뭄이라 하고, 태어나서 처음 보는 강수량의 홍수라고 하며 두려워했다. 구름은 한때 인간이 가장 좋아하는 친구였는데 지금은 가장 두려운 존재가 되었다는 게 슬펐다.

인간은 생각했다. 어떻게 하면 더 많이 생산할까를. 어떻게

하면 더 크게 키울 것인가를. 어떻게 하면 더 빨리 수확할 것
인가를. 인간은 구름만큼도, 눈만큼도, 봄만큼도, 밤만큼도
그들을 생각하지 않고 미안해하지 않는다. 인간은 인간을 벗
어나서는 정말이지 어떠한 생각도 하지 못하는 존재다. 구름
의 입장에서 완전 쓸모없는 종種이 지구에 딱 하나 있는 것이
다. 밤은 생각해 보는 것이다. 언제까지 용서하고 사랑할 수
있을지를. ●

인간은 인간을 벗어나서는 정말이지

어떠한 생각도 하지 못하는 존재다.

달빛 산책. 빌헬름 하인리히 데틀레프 코너

모든 의미에는
이유가 없다

글을 쓰는 사람들이 가
진 일종의 직업병일 텐데, 나는 습관적으로 의미를 찾고 무엇
이든 정의를 내려보려고 하는 질병을 앓고 있다. 심각하지만
병원에 가지는 않는다. 올해 봄에 귓병이 생겼다. 무전기의
잡음처럼 달팽이관이 지지직거렸다. 병원에 갔더니 내 이명
증상에는 치료 약이 없다고 의사가 말했다. 소리에 익숙해지
면 들리지 않을 거라고 신경 쓰지 말라고 했다.

의미가 없으면 있어도 보이지 않는 것처럼 소리도 마찬가지
로 의미가 없으니 들리지 않게 되었다. 나는 깨달았다. 자연
의 모든 사물과 현상은 원래 의미가 없고, 그래서 거슬림이
없다는 것을. 꽃이 피고 지는 것, 물이 흐르고 스미는 것, 새

가 울고 바람이 부는 것, 사람이 사람을 사랑하는 것, 이 모든 게 이유가 없어서 자연스럽고 변함이 없다는 것을 알았다.

어느 화가의 작업실에 갔을 때였다. 작품들이 진열돼 있는데 제목이 붙어 있지 않거나, 제목이 있더라도 무제 I, 무제 II 하고 달려 있었다. 나는 농담조로 화가에게 물었다. 제목 붙이는 일에 화가들은 너무 성의가 없는 것 아니에요? 그가 웃으면서 말했다.

"그냥 하나의 작품으로 있으면 되지 꼭 무엇이라고 정해서 있어야 한다는 법이 있나요? 이것이라고 명명하는 순간 그 것에서 벗어날 수가 없게 되잖아요. 사과라고 정해진 순간 사과가 사과에서 벗어날 수 없는 것처럼. 보는 사람에게 맡기는 거죠. 자유롭게 상상하고 해석할 수 있도록."

삶은 한 편의 시와 같다. 나름의 해석이다. 무질서에서 질서를 찾으려 하고 무의미에서 의미를 찾으려고 한다. 그렇게 애써 찾아낸 질서를 허물어뜨리고, 그렇게 애써 발견한 의미를 부순다. 새로운 질서를 만들어내려고 사투를 벌이고, 의미의 굴레에서 벗어나기 위해 얼마나 많은 의미를 만들어내는지 모른다. 내가 쓴 글들도 무의미와 의미의 경계에서 서성인 흔적들이다.

당신이 좋다면 나도 좋은 것이고, 당신이 싫다면 나도 어쩔 수 없는 것이다. 느낌이 다르고 해석이 다를 뿐, 잘못된 삶이 있겠는가. 그래도 살아가야 하고 그래서 사랑할 수밖에 없다. 이 모든 인연과 인과가 오늘 당신과 내가 사랑한 흔적들이다. ●

1부

18~19p 크로이처 소나타Kreutzer Sonata, 르네 프랑수아 자비에 프리네René François Xavier Prinet, 1901

23p 서리 낀 창문에 연인 이름을 쓰는 소녀A Young Girl in Jutland Writing her Beloved's Name on a Misty Window, 크리스틴 달스가드Christen Dalsgaard, 1852

28p 어린 조카와 함께한 실레의 아내Schiele's Wife with Her Little Nephew, 에곤 실레Egon Schiele, 1915

31p 하얀 보트, 하베야The white boat, Javea, 호아킨 소로야Joaquín Sorolla, 1905

35p 캄머성 공원의 길Avenue to Schloss Kammer, 구스타프 클림트Gustav Klimt, 1912

39p 먹잇감을 지켜보다Watching the prey, 헨리에트 로너 크니프Henriëtte Ronner-Knip, 작품 연도 미상

43p 장미의 영혼The Soul of the Rose, 윌리엄 워터하우스John William Waterhouse, 1908

47p 아침 빛Morning light, 일리어 그루너Elioth Gruner, 1916

50p 정원의 여인Woman in the Garden, 클로드 모네Claude Monet. 1867

54p 마을의 목수The village carpenter, 토니 오페르만스Tony Offermans, 작품 연도 미상

57p　　수련이 있는 연못Pond with Water Lilies, 클로드 모네Claude Monet, 1907

61p　　웅변적 침묵An Eloquent Silence, 로렌스 앨마 태디마Lawrence Alma-Tadema, 1890

65p　　검은 고양이가 있는 실내Interior with black cat, 월터 콘즈Walter Conz, 작품 연도 미상

68~69p　그리니치 병원 근처에서 떠오르는 풍선A Balloon Ascent near Greenwich Hospital, 작자 미상.

72~73p　연꽃 백합Lotus Lilies, 찰스 코트니 커란Charles Courtney Curran, 1888

76p　　뇌레브로의 겨울Vinter på Nørrebro, 피터 로스트럽 뵈예센Peter Rostrup Boyesen, 1913

80~81p　전나무 숲 IFir Forest I, 구스타프 클림트Gustav Klimt, 1901

85p　　골드 핸즈Gold Hands, 딘 콘웰Dean Cornwell, 1923

89p　　백합 모으기Gathering Lilies, 이스트먼 존슨Eastman Johnson, 1865

92p　　브렌초네 술 가르다의 청년 초상화Portrait of a Young Man in Brenzone sul Garda, 마리아 마르가 토마스Maria Marga Thomass, 1933

95p　　붉은 스카프The Red Kerchief, 클로드 모네Claude Monet, 1868~1873

99p　　산 위의 분홍구름Pink Cloud Over Mountain, 찰스 코트니 커란Charles Courtney Curran, 1925

106p　　베니스의 석호에서In the Lagoons of Venice, 에드먼드 장 드 퓨리Edmond Jean de Pury, 1889

2부

111p 겨울 풍경Winter Landscape, 카를 오린치 폰 타운Karl O'Lynch von Town, 작품 연도 미상

115p 식물학자The Botanist, 조지 엘가 힉스George Elgar Hicks, 1870

118~119p 푸르빌의 일몰, 넓은 바다Coucher De Soleil a Pourville-Pleine Mer, 클로드 모네Claude Monet, 1882

122p 창가의 발렌시아나Valenciana a la reja, 호아킨 소로야Joaquín Sorolla. 작품 연도 미상

125p 늦여름 정원의 정원사A Gardener in a Late Summer Garden, 제노 케메니피Jeno Kemenyffy, 작품 연도 미상

128p 작은 정원사The Little Gardener, 프레데리크 바지유Frédéric Bazille, 1866

131p 벽난로 앞에서 생각에 잠기다Songeuse devant la cheminée, 마르셀 리더Marcel Rieder, 1932

135p 목련Magnolia, 제임스 제부사 샤넌James Jebusa Shannon, 1899

138~139p 지베르니의 서리Frost at Giverny, 클로드 모네Claude Monet, 1885

143p 세계A World, 막시밀리안 렌츠Maximilian Lenz, 1899

147p 저녁노을Evening Glow, 하랄드 솔베르그Harald Sohlberg, 1893

151p 러브레터The Love Letter, 루이지 크로시오Luigi Crosio, 1867

155p 사계절 : 봄The Four Seasons; Spring, 크리스토퍼 R. W. 네빈슨 Christopher R. W. Nevinson, 1918

159p 놀란 연인The Lover Surprised. 샤를-멜키오르 데스코르티스 Charles-Melchior Descourtis, 1798

163p 코티지 가든Cottage Garden, 구스타프 클림트Gustav Klimt,

1905~1907

166~167p 시골에서In the countryside, 루도빅 알로메Ludovic Alleaume,
1910

170p 수국Hydrangeas, 필립 윌슨 스티어Philip Wilson Steer, 1901

174p 산속 외딴 농가Lonely farmhouse amidst mountains, 오스카 멀리
Oskar Mulley, 작품 연도 미상

177p 스튜디오 보트The Studio Boat, 클로드 모네Claude Monet. 1876

180p 아이리스 침대The Iris Bed, 찰스 코트니 커란Charles Courtney
Curran, 1891

184p 아내 — 양손에 얼굴을 묻고 바닥에 무릎을 꿇은 그녀
Wife — Face in Both Hands She Knelt on the Carpet, 존 에버렛 밀
레이John Everett Millais, 1863

188~189p 사과꽃을 따는 소녀Girl Picking Apple Blossoms, 윈슬로 호머
Winslow Homer, 1879

192p 작약 소녀The Peony Girl, 차일드 하삼Childe Hassam, 1889

3부

197p 은퇴한 농부들The retired Farmers, 구스타프 웬첼Gustav Wentzel,
1888

200p 해바라기를 든 소녀A Girl with Sunflowers, 미카엘 앙케Michael
Ancher, 1889

203p 그리고 전보Et telegram, 율리우스 엑스네르Julius Exner, 1893

207p 에드몽 메트Edmond Maître, 프레데리크 바지유Frédéric Bazille,
1869

210p   떠도는 생각들Straying Thoughts, 에드먼드 블레어 레이튼 Edmund Blair Leighton, 1913

214~215p   무지개가 있는 풍경Landscape with rainbow, 카스파르 다비트 프리드리히Caspar David Friedrich, 1810

219p   책과 팸플릿Books and Pamphlets, 얀 데 헤엠Jan Davidsz. de Heem, 1628

223p   막심 고리키 초상Portrait of the Writer Maxim Gorky, 발렌틴 세로프Valentin Serov, 1905

227p   2절판 책이 있는 정물Stillleben mit Folianten, 휴고 샬르몽Hugo Charlemont, 1939

231p   책상에서 글을 쓰는 성 바오로St. Paul writing at his desk, 클로드 비뇽Claude Vignon, 작품 연도 미상

235p   서점에서At a Bookseller's, 빅토르 바스네초프Viktor Vasnetsov, 1876

238p   긴 약혼The Long Engagement, 아서 휴즈Arthur Hughes, 1859

242~243p   루앙의 전경Vue de Rouen, 폴 고갱Paul Gauguin, 1884

246p   고열 단조Vykúvanie kotlov. 도미니크 스쿠테키Dominik Skutecký, 1908

249p   부드러운 소리가 죽으면 음악은 기억 속에서 울려 퍼진다 Music When Soft Voices Die, Vibrates In The Memory, 윌리엄 오차드슨William Quiller Orchardson, 작품 연도 미상

253p   러브레터 박스The Lover's Letter Box, 조지 백스터George Baxter, 작품 연도 미상

256p   홀란드의 풍경Landscape from Halland, 리카르드 베르그Richard Bergh, 1895

259p   아티스트 드로잉. 빅터 안드레An Artist Drawing. Victor Andrén,

이바르 뉘베르그Ivar Nyberg, 1884

262p   길의 전환Turn in the Road, 폴 세잔Paul Cézanne, 1881 추정

4부

267p   껍데기가 말하는 것What the Shell Says, 이스트먼 존슨Eastman
        Johnson, 1875

271p   성 엘리자베스 자선 단체The Charity of St. Elizabeth, 바르톨로
        메오 스케도니Bartolomeo Schedoni, 1610년경

274-275p 숲속 은신처A woodland hideout, 니노 코스타Giovanni (Nino)
        Costa, 작품 연도 미상

279p   자작나무 아래Beneath the Birches, 칼 라르손Carl Larsson, 1902

283p   젊은 예술가에게 보내는 조언Advice to a Young Artist, 오노레
        도미에Honoré Daumier, 1865-1868년경

287p   인간의 세 가지 시대The Three Ages of Man, 조르조네Giorgione,
        1500~1501년경

291p   블랙 포레스트 커피 파티Black Forest Coffee Party, 프리츠 레이
        스Fritz Reiss, 1910년 이전

294p   카를스루에 아카데미 원로원의 단체 초상화Gruppenbildnis
        des Senats der Karlsruher Akademie, 아우구스트 바버거August
        Babberger, 1921

297p   첫눈Den første sne, 프리스 쉬베리Fritz Syberg, 1905

301p   생선을 요리하는 여인Woman Cooking Whitefish, 악셀리 갈렌
        칼레라Akseli Gallen-Kallela, 1886

305p   방 문La visite, 펠릭스 발로통Félix Vallotton, 1887

309p   슬픈 소식Sad tidings, 월터 윌리엄 아울리스Walter William Ouless, 작품 연도 미상

313p   향수 제조사The Perfume Makers, 루돌프 에른스트Rudolf Ernst, 작품 연도 미상

316~317p   구름The Cloud, 아드리앙 루이 드몽Adrien-Louis Demont, 작품 연도 미상

321p   대금업자와 그의 아내The Moneylender and his Wife, 쿠엔틴 메치스Quinten Metsys, 1514

324p   의자에 앉아 신문을 읽고 있는 노인Older man sitting on a chair reading a newspaper, 작자 미상, 1880

328~329p   수확하는 사람Schnitter, 스테판 시모니Stefan Simony, 1908

333p   달빛 산책Moonlit Walk, 빌헬름 하인리히 데틀레프 코너 William Henry Dethlef Koerner, 1922

| 인용 출처 |

63p   《섬》, 장 그르니에 지음, 함유선 옮김, 39쪽, 청하, 1988

64p   《섬》, 장 그르니에 지음, 함유선 옮김, 44쪽, 청하, 1988

오늘 사랑한 것

초판 1쇄 발행	2024년 11월 15일
지은이	럼태주
펴낸곳	(주)행성비
책임편집	이윤희
디자인	페이퍼컷 장상호
마케팅	배새나
출판등록번호	제2010-000208호
주소	경기도 김포시 김포한강10로 133번길 107, 710호
대표전화	031-8071-5913
팩스	0505-115-5917
이메일	hangseongb@naver.com
홈페이지	www.planetb.co.kr

ISBN 979-11-6471-273-1 03810

행성B는 독자 여러분의 참신한 기획 아이디어와 독창적인 원고를 기다리고 있습니다.
hangseongb@naver.com으로 보내 주시면 소중하게 검토하겠습니다.